100分間で楽しむ名作小説

宇宙のみなしご

森 絵都

角川文庫
24086

ときどき、わたしの中で千人の小人たちがいっせいに足ぶみをはじめる。その足音が心臓に響くと、体中の血がぶくぶくと泡を吐くみたいに、熱いものがこみあげてきて抑えきれなくて、わたしはいつもちょっとだけ震える。

なにかしたくてたまらない。じっとしていられない。

海があったらすぐにでも泳ぎだすだろう。

山があったら登るだろう。

ただまっすぐな道だけでもいい。わたしは走りだす。

なんでもよかった。

こういう衝動的でせっかちな性分は、わたしが未熟児で生まれたせいかもしれない、と両親は言う。

　今となってはだれも信じてくれないし、自分でも身に覚えがないからぴんとこないけど、十四年前にママのお腹から這《は》いだしてきたとき、わたしはたしかに二千グラム未満の未熟児だった。小さすぎるしわくちゃの手足が涙を誘ったらしい。

　しかし、物心のついたときには、わたしはすでに近所の悪ガキからも一目置かれるやんちゃ娘に化けていた。我ながらあっぱれな成長ぶりだった。

「生まれたときの遅れを力ずくで奪いかえそうとするみたいに、あせってあせって、だれよりも早く立とう、しゃべろうって、そんなふうだったのよねぇ」

　と、ママがよく話してくれる。

　弟のリンはわたしからちょうど一年後に生まれた。姉とは正反対の四千グラム級ベイビー。成長につれてますます丸くなり、人生最初の試練がダイエットとなった。

　今では人並みの体型になったものの、体が重たかったころの後遺症か、いまだにリンは動きがスローだ。

両極端の生まれかたをして、性格もかけはなれているけれど、わたしとリンは昔から仲のいい姉弟《きょうだい》だった。

うちの両親は自営業で、都心に小さな印刷所を持っている。やたらと忙しい人たちで、わたしたちが小さいころからほとんど家にいなかった。

おのずと、姉弟ふたりきりですごす時間が長くなる。

けんかは滅多にしなかった。リンは喜怒哀楽の「怒」をどこかに落としてきたような子だったから。それでも昔はわたしからよくちょっかいを出したものだけど、怒鳴りちらしても泣きわめいても、止めに入ってくれる人がいないとどこかむなしい。平和共存というか、仲良くするしかなさそうだ、と次第に学んでいった。

小学生になると、わたしたちはまた少し賢くなって、自分たちはどうも退屈に弱いらしい、ということを学んだ。退屈するとわたしは短気になり、リンは元気をなくす。

そこで、わたしたちは頭を使うことも学びはじめた。退屈しないため、暇な時間をなんとかするために、つぎからつぎへと自己流の遊びを生みだしていったのだ。

そういうことに関してはふたりとも努力家で、手間暇をおしまなかった。

たとえば、ふいにわたしが「海で遊びたい」と思いついたとする。ただの気まぐれとはいえ、思いついたからにはあとに引けない。でも、わたしたちはまだ子供で、海までの道なんてわからないし、第一、お金がない。

そんなとき、わたしたちは海にかわる「なにか」を必死で編みだした。

その「なにか」は、「空き地で相撲」であったり、「人んちの池で勝手に魚釣り」であったり、「目つきの怪しい野良犬の尾行」であったり、それはもう、なんでもありだった。家庭になんの不満もないのに、スリルとサスペンスを求めて家出をしたこともある。

退屈に負けないこと。

自分たちの力でおもしろいことを考えつづけること。

テレビやゲームじゃどうにもならない、むずむずした気持ち。絶対に我慢しないこと。

それがすべてだった。

1

夢のむこうから、わたしを呼ぶリンの声がする。

眠るのが大好きで、起こされるのが大嫌いなわたしは、睡眠の邪魔をされると鬼のように不機嫌になるけれど、リンだけは許せた。リンの声はいい。カーテンのむこうから透ける朝の光みたいに、ぼうっと明るくて、やわらかい。

「陽子《ようこ》、陽子。ちょっと起きて。一分だけ」

「なあに」

「今、さおりさんから電話あってさ、今夜、ふたりで夕飯食いに来い、だって」

「さおりさん？」

しぶしぶ毛布をはいで顔を出すと、まだ朝の六時半なのに、リンは制服を着こんでいる。

「なんか、説教されそうでいやだなあ」

「でも、手巻き寿司《ずし》だってよ」

「さおりさん、すぐ食べもので釣るから」

「陽子、すぐ釣られるから」

「そんなことないよ。わたし、さおりさんの料理だったら自分で作ったほうがおいしいと思うし、賞味期限だって、うちの冷蔵庫にあるもののほうが信用できるし」

「じゃあ、断る？」

「そんな失礼なことはしませんけど」

「……つまり行くんだね」

リンがふうっと息を吐き、寝癖でほわほわした髪を制帽でおさえた。この帽子だけはリンにふさわしくない、とわたしはつねづね不満に思っている。ほかの子よりも微妙に淡い、きれいなアイスティ色の瞳《ひとみ》が隠されてしまう。

「じゃあ、行くって伝えとく。ぼく、今日も部活で帰るの七時すぎだから。そのあと一緒に行こう」

「うん」

「おやじとおふくろは今夜も徹夜で帰らないって」

「OK」

「それから、念のために言っとくけど」

リンがぎこちなく深刻ぶった顔をしてみせる。

「陽子、時代は刻々と流れてるんだよ」

「ありがとう。その一言でハッと目が覚めたみたい」

と言いつつ、わたしはふたたび毛布の中へもぐりこんでいった。

あきれたようなリンの沈黙。あきらめて部屋を出ていく気配。静かにドアを開ける。階段を駆けおりていく足音。勢いよく玄関を飛びだす。朝の風。

わたしはさっとベッドから飛びおり、窓辺へと駆けよった。

カーテンを開くと、朝日を照りかえす窓ガラスのむこうに、弾むように駆けていくリンの後ろ姿が見える。これから陸上部の朝練でいやってほど走らされるくせに。

走れ、弟よ。どこまでも。

わたしは心でエールを送った。

天から地面まで降ってくるような空の青。そこから室内へ目をもどすと、妙にくすんでいて、薄暗い。

霧のむこうにうっすら棚引いているようなカレンダーを、わたしはにらむようにじっと見た。

時代は刻々と流れている。リンの言うとおりだ。せめて日にちと曜日ぐらいは確認しておかないと置きざりにされてしまう。

今日は九月二十一日。火曜日。

わたしが不登校をはじめて一週間が経っていた。


不登校をしていて一番こまるのは、わたしに不登校をする理由がない、ということだった。全然、ない。刑事ドラマ風にいえば動機がたりないし、スポ根ドラマ風にいえば血と汗がたりない。

中学二年生になって、夏休みが来て、終わった。中一の夏休みが終わった瞬間から今か今かと待ちわびていた夏休みが終わってしまった。

ひさびさの制服がしっくりこないまま学校へ行くと、なんの前ぶれもなく、クラスの担任が入れかわっていた。

夏休み前まで担任だったすみれちゃんが、難病のために長期の休養に入ったというのだ。

先生になりたてのすみれちゃんはまだ若く、元気で元気で、昼休みになると真っ先にグラウンドへ飛びだしてサッカーに加わり、午後の授業はしょっちゅう遅刻。学級委員に怒られてしょんぼりするものの、十分後にはもう立ちなおっている懲りない先生だった。英語の教師のくせに教科書が苦手で、すぐにビートルズの歌をうたいたがる。三割ぐらいの生徒たちからは熱狂的に愛されていたけど、残りの七割と、その両親と、大抵の教師たちからは迷惑がられていて、なにかと風当たりが強かったのだ。「すみれバッシング」という流行語まで生まれたほどだった。

そのすみれちゃんが難病だなんて。

わたしはあわててすみれちゃんのアパートに電話をした。

すみれちゃんは、ぴんぴんしていた。

「インドに行くの」

と、すみれちゃんはうれしそうに教えてくれたのだ。

「ずっと行きたいと思ってたの。まだ若いうちにね。勝手に先生やめちゃって、みんなにはほんとに申しわけないけど、でも、わたしの人生だから」

じつはわたしもひそかに、すみれちゃんは教師にむいてないかも、と思っていた。本人はもっとひしひしと思っていたのだろうし、たしかにすみれちゃんの人生はすみれちゃんのものだ。ここはひとつ景気よく送りだしてあげることにした。

が、それにしても、インドかあ、である。

なんだか気がぬけた。

すみれちゃんのいない学校はつまらなかった。新しい担任はベテランの男の人で、よくも悪くもなかった。昼休みには職員室でおとなしくほうじ茶をすすっている。ますますもってつまらない。

そうなると、学校で友達といてもどこか上の空で会話に身が入らず、給食もよく味わうとまずいじゃないかとか、椅子の高さだとか、チャイムの音色だとか、ジャージのラインだとか、黒板を消したあとに舞うチョークの粉だとか、なにもかもが気に入らなくなってしまった。

今日はサボろうと、ほんの出来心で学校を休んだのが一日目。

二日目はその続きでだらだらと休んだ。

三日目も。

七日目の今でも。

一言でいえば「サボり癖がついた」と、それだけのことだった。

でも新しい担任がフトーコーフトーコーと騒ぐから、だんだんとわたしまでその気になってきて、今では学校に行くのが心の底からめんどうくさい。

毎朝、八時五十分になると、新しい担任から必ず電話がかかってくる。

わたしは朝食の後片づけをしている時間で、学校では朝のホームルームが終わった時間。

「飯島《いいじま》、おまえ今日も来ないのか。いったいどうした?」

「それが……今日は行くつもりだったんですけど、制服を着たとたん、急に腹痛に襲われて」

「きのうは頭痛じゃなかったか」

「はい、原因不明の痛みが体のあちこちを転々と」

「こまったたな。クラスのみんなも心配しているぞ」

見えすいたうそだった。たしかに最初のころは心配した友達が訪ねてきたものだけど、わたしがあまりにも元気でいつもどおりだから、今ではときどき電話をくれるくらいだ。

「とにかく一度、ご両親と話がしたい。まだ忙しいのか?」

「まだまだです。来月のなかばになったら時間がとれるかもって」

「おい、大事な問題だぞ」

「でも、わたしの問題だし」

実りのない会話が数分続き、ようやくわたしは解放される。

ただちに掃除と洗濯にとりかかった。

自分のことは自分で決める。それが我が家の方針だから、パパもママもわたしを強引に学校へ行かせようとはしない。そのかわり、「家にいるのなら、家の仕事は任せた」と厳しくおおせつかっているのだ。

でも、そんなのはちょろいもので、少しも苦ではなかった。

下駄箱の靴を片っぱしから磨いたり、押しいれの整理をしたり、家中のカーテンを順番に洗濯したり。なにごとも初体験だから新鮮で、わたしは毎日はつらつと働いた。クローゼットにあった有効期限切れの防虫剤も処分して新しいのに替えたし、ほつれたままだったリンのジャージのゼッケンもかがってあげた。冷蔵庫から賞味期限の切れた調味料を追放したのも大きな功績のひとつだ。やることがなくなると人目をはばからず散歩にくりだした。サイクリングにも出かけた。

たらたらと遊んですごした夏休みに比べて、この一週間、なんと中身が濃かったことか。

みなぎる充実感。

それでも、ここ数日はさすがに家族の目も冷たくなり、担任からのプレッシャーも強まって、肩身がせまくなってきた。そろそろ限界かな、とも思う。

さおりさんからの夕食の招待だって、ママの差し金にちがいないのだ。


さおりさんは大学時代からのママの親友で、バツなしの独身。自称、「ばりばりのキャリアウーマン」。近場に住んでいるせいか、昔からなにかとうちに出入りをしていて、わたしとリンもどこへも行くあてがないようなときには、ひやかし半分に遊びにいっていた。

うちから電車で三つ目の駅から徒歩五分の四階建てマンション。

部活を終えたリンが家にもどるのを待ち、手巻き寿司《ずし》を目当てに出発した。

都内とはいっても、このあたりはすこぶるのどかな一帯で、ぴょんと跳んだら埼玉が見えそうな東京の最果てだ。人口も少ないせいか、ラッシュ・アワーをすぎた電車はそれほど混んでいなかった。

わたしとリンは空いている座席に並んで座った。

リンからへんな封筒を渡されたのは、このときだ。

「昼休みにさ、陽子の友達が教室まで来て、渡してくれって」

「友達？」

「うん。男子だよ」

「男子？」

どきっ、とするような心当たりもなく、いやな予感だけが頭をよぎった。

宛名も差しだし人の名前もない茶封筒。売られたけんかを買うような勢いで、わたしは乱暴に封をちぎった。薄っぺらい便箋《びんせん》とチラシみたいな紙が入っている。

チラシから広げてみた。

とたん、わたしは「ひっ」とのけぞり、横からのぞきこんだリンも「うっ」とうなった。

チラシの中央に、どろどろに溶けた怪獣みたいな絵が描かれているのだ。ゴジラとモスラと牛乳を強引に混ぜあわせたような怪獣。なんだか羽がはえている。
その絵に負けず、文章のほうも強烈だった。

人類の末期に立ちあがらんとする戦士たちへ告ぐ。
今こそ結集せよ！
前世の記憶をたぐれ！
この世紀末に選ばれし者の使命として――。
〔日時〕九月二十八日　午後七時
〔集合場所〕高田馬場駅早稲田口
〔会費〕社会人３０００円
　　　学生２０００円
※詳しいお問いあわせは遠藤まで

「すごい。使命だって」

「見ちゃだめ」

教育上悪そうなそれをリンの目から隠しつつ、とにかく落ちつこう、とわたしは自分に言いきかせた。

念のために便箋も開いてみる。読むまでもなく、だれのしわざかわかっていたけれど。


前略。飯島さん、お元気ですか？

学校にこないので心配してます。

ぼくもときどき学校にいきたくなくなります。だから飯島さんの気持ちはよーくわかるけど、一人でなやんでいてもつらいだけです。

ぜひぼくたちのネットワークの集会にきてください。

まえからいってるけど、飯島さんならぜったいにみんなと気があいます。自分じゃ気がついてないみたいだけど、飯島さんはえらばれた戦士のひとりなのです。

飯島さんの目覚めをみんなが待ってます。こわがらないで、勇気をだしてください。

勇気がでたらぼくに電話してください。

じっと待ってます。

平静をよそおって電車を降りるなり、わたしは即刻、ホームのゴミ箱を探した。

「あら、ひさしぶり」

チャイムを鳴らしてから待つこと三分。

ようやく玄関の扉が開き、くわえタバコのさおりさんが現れた。よれよれのトレーナーに色あせたジーンズ。パーマのかかった茶色い髪をトップでおだんごにしている。

「ごめん、今ちょっとテレビ見ててさ、クライマックスのいいとこだったのよ。連続殺人容疑で取調中の男が昔の恋バナつらつら語りはじめて、キレた女刑事にカツ丼、投げつけられて」

心にしみる歓迎ぶりだった。

「それ全然クライマックスじゃないと思うけど、さおりさん、タバコ減らすんじゃなかったっけ」

リンが言って、

「お酒も」

わたしがつけたした。

「えへ、やっぱ酒くさい？」

ごまかし笑いをしているさおりさんの脇をすりぬけ、リビングへむかう。

十畳ほどのちんまりとしたリビング。黒革のソファーとモザイクのサイドテーブルを除けば、家具はどれも落ちついたブラウンで統一されている。

この部屋の特長は余計なものがないことだ、と改めて全体を見まわしながら思った。うちにある意味不明の壺《つぼ》だとか、ママの友達のお母さんが作った造花だとか、冷蔵庫にぺたぺたくっついてるマグネットだとか、そういう「あってもなく

ても いいもの」がない。そのかわりカーテンはオーダーメイドだったり、置き時計もイタリア製だったり、なきゃこまるものにはしっかりお金をかけている感じ。

十年前、わたしたちがはじめてここへ来たときは、友達から譲りうけたという古ぼけた家具しかなかった。さおりさんはおそるべき根気と執念で理想のマイルームを築きあげてきたのだ。そして、それが完成に近づくほどに、結婚からは遠ざかっていった。と、これはママの意見。

「さおりさん、早いとこ方針決めてよかったんだよね。結婚なんて絶対、むいてなさそうだし」

テーブルを彩る桔梗《ききょう》にむかってわたしの意見をつぶやくと、お皿を運んできたさおりさんににらまれた。

「陽子、あんたあいかわらずかわいげないね」

「いいの、今はかわいくなくたってわたし、まだ若いから。無限の可能性あるから」

「まだまだ小娘ってことだよ。十四歳なんてしょせん、手巻き寿司でたとえりゃカイワレ大根みたいなもんだから」

「カイワレ大根？」

「マグロやイクラみたいな主役級にはまだまだ及ばないってこと」

「マグロやイクラは足が速くて傷みやすいんじゃないっけ」

「腐ってもマグロだ」

お互い本気でむかむかしはじめたところで、「腹へった」とリンがさけんだ。

「お願い、カイワレでもマグロでもいいから早く食わせて。ぼくもう腹ぺこで死にそう」

くだらないことでわたしとさおりさんが火花を散らすたび、消防士のようにそれを鎮めるのがリンの役目だ。どっちの味方にもつかず、どっちの敵にもならず、いつも絶妙な距離にいる。幼稚園でも小学校でも今の中学でも、リンはずっとそのポジションを守ってきた。ひとつまちがえればどっちつかずの八方美人だけど、リンだとなんとなく許されてしまう。

リンにせかされて食事がはじまると、手巻き寿司はあっというまになくなってしまった。さおりさんは酒の肴《さかな》に具をつまむぐらいで、わたしは意地になってカイワレ大根ばかり巻きつけていたから、ほとんどリンがひとりでたいらげたようなもの。

ふと気がついたときには、早くもさおりさんのほおがいい具合に上気していた。失敗だ。カイワレ大根に気をとられてワインのボトルにまで目が届かなかった。

うんざりするだけなので省略するけれど、ほどよく酔って調子づいたさおりさんの説教トークは、すごい。だれにも止められない。わたしの不登校を非難するのに自分の子供時代ならまだしも、幕末の話まで持ちだしてくる。説得力があるのかないのかぜんぜんわからない。

その夜も、大いに語りつくしたさおりさんの舌がようやく鈍ってきたのは、深夜の十二時も近づいたころだった。

「じゃ、わたし、寝るから。あんたたちも泊まってきな」

寝室まで歩くのもしんどそうに這《は》っていく。

「泊まってけだって。どうする？」

わたしとリンは顔を見あわせた。

「ぼく、明日も学校なんだけど」

「そうだよね」

「それにぼく、こないだここに泊まったとき、もう二度と泊まるもんかって心に誓ったんだ」

「どうして？」

「さおりさん、ベッドで寝て、陽子、ソファーに寝て、ぼく、床しか残ってなかった。しかもフローリング」

かわいそうなので帰ることにした。


ぐっすり寝こんでいるさおりさんの枕もとに一杯の水を残して、わたしとリンは夜空のもとに出た。

終電のひとつ前の電車は、さおりさんみたいな酔っぱらいだらけ。自分たちのほうがよほどおかしな状態のくせに、わたしとリンをじろじろと無遠慮にながめまわす。子供は差別されやすい。とくに深夜は。

電車を降りて改札をくぐりぬけるときも、あやうく駅員に呼びとめられるところで、すばやく身をかわした。

駅から家まで、まっすぐに帰れば十分。

でも、わたしとリンが一緒のとき、まっすぐに帰ることはまずなかった。気のむくままに曲がったり、路地に入ったり。小さな発見にときめきながらそぞろ歩く。


この日もわたしたちは遠まわりをして、真夜中の散歩を楽しむことにした。

静まりかえった小道。

墨絵みたいな影を生む街灯の光。

たった今、入れかえたばかりのようにしゃきんと澄んだ空気。

あたり一面にまだほんのりと夏のぬくもりが残っている。

深夜というのはやはり、ただの夜とはひと味ちがった。家も木も駐車場の車たちも、なにもかもが眠っているように見えるぶん、自分たちだけはたしかに目覚めていて、見て、歩いて、足音を刻んで、生きている気がする。

夜空を照らす月だけが、片目を開けたような半月だった。

どれくらい歩きつづけただろう。

「あのさ、陽子」

リンがぼそっとつぶやいた。

「陽子の不登校、ひょっとして、ぼくのせい？」

反応するのに十秒ほどかかった。意味がつかめなかったのだ。

「え、なんでリンのせいなの？」

「だってぼく、中学に入ってからずっと部活ばっかりだったでしょ。前みたく陽子とおもしろいこと考えたり、遊んだり、最近そういうのなかったし。ストレスたまったんじゃないかって」

リンがあまりにもまじめに言うものだから、わたしまで考えこんでしまった。

なにかをしたくてたまらない気持ち。体の芯《しん》からつきあげてくるような、わくわくした思い。たしかにしばらく忘れていたかもしれない。

「うーん。言われてみればそうだけど、でもそのせいで不登校なんてことないよ、全然」

「ほんと？　ならいいけど。でも、ぼくはちょっとストレスたまってたかも」

「そう？」

「うん。ぼく、走るの大好きだけど。あれもタイム縮める遊びみたいなとこあるしね」

「うん」

「でもそれって、やっぱりちょっとちがうんだ。自分で考えた遊びとは、ちょっと」

「うん」

「うん」

なんとなくうなずきあって、わたしたちはまた無言になった。

改めてあたりに目をやると、いつのまにか見憶《みおぼ》えのない町外れまで来ている。

さっきまでは軒をつらねる家の隙間に空き地がのぞいていたのに、今では巨大な空き地のところどころに家が散っているような。アスファルトを鳴らす足音は消え、代わりに踏みしめた砂利が小さなうなりをあげている。

前方に広がる畑の真ん中に、屋根がぽつんとたたずんでいた。

家ではなく、屋根だけがそこに浮かんで見えたのは、その家をとりまく背の高い木々と、屋根の真上から注ぐ月明かりのせいかもしれない。

どちらからともなく足を止め、わたしとリンはその屋根をあおぎ見た。なんにもない果てのようなところで、目につくものはそれくらいだったから。

と、いきなり屋根の上で小さな影がもそっと動いた。

猫。放っておけば月まで行ってしまいそうなしなやかさで、一匹の猫が屋根の上を歩いている。自由気ままに夜遊びを楽しんでいるように。

「いいね。なんか、気持ちよさそう」

そうつぶやいた瞬間だ。

わたしはあることを思いついた。思いついてしまった。

「ね、リン」

「ん？」

「新しい遊び、見つけちゃったかも」

早速、リンに打ちあける。

十中八九、だれもが「ばかばかしい」と却下するにちがいないひらめき。

でも、生まれながらの遊び仲間にだけはぴたりと伝わった。

リンの瞳《ひとみ》が一等星よりも強く光ったのだ。


その夜、わたしたちははじめて屋根にのぼった。

2

パパとママが会社に泊まりこみの日、朝から雨が降っていたりすると、わたしとリンはごちそうを前にオアズケを命じられた子犬のような気分になる。

「雨降って地かたまるだよ、陽子」

「だよね。雨ニモマケズ風ニモマケズだね」

どんなにお互いをはげましあっても、その歯がゆさはどうにもならない。チャンスはあるのに、のぼれないなんて！

はじめて屋根にのぼったあの夜から二週間。最も新しい、そして最も刺激的なこの遊びに味をしめたわたしたちは、すっかり屋根のぼりのとりこになっていた。

ある程度の基本さえマスターしてしまえば、屋根のぼりはさほど難しくない。のぼりかたにはいろんなパターンがあるけど、丸や逆三角形の屋根があるわけじゃないし、やっぱり一番は基本なのだ。

基本その一。のぼりやすい屋根を選ぶべし。

言うまでもない基本中の基本だ。

基本その二。人気のない場所を選ぶべし。

深夜だからだいたい人気は少ないけれど、酔っぱらいや忙しいビジネスマンはどんな時間帯にも出没する。駅やバス停の付近、家の密集した住宅地などは避けるべし。街灯の角度にも注意。近所の家から明かりがもれていないかも要チェック。庭で犬を飼っている家なんて問題外。

基本その三。物音を立てるべからず。

不審な物音を立てて住民を起こしたらアウトだ。動作はできるだけゆっくりと、慎重に。私語は慎むべし。

基本その四。のぼりながらも逃げ道を考えておくべし。

どんな屋根でもそうだけど、のぼるよりも、おりるほうが難しい。備えあれば憂いなし、あわてて足を踏み外したりしないように、つねに最悪の事態をシミュレーションしておく。

わたしとリンはすでに一度、危ない目にあっていた。

いろいろえらそうに言ってはいても、実際、わたしたちが屋根にのぼったのはまだ三回で、そのうちの一回だから危険率はやはり低くない。

その夜は見るからにのぼりやすい屋根を発見し、少し気がゆるんでいたのかもしれない。

家の裏庭にがっしりした大木があり、その枝が屋根の上までのびていた。まるで「さあ、おのぼりなさい」と手をさしのべるように。「おそれいります」とばかりにわたしたちはまずブロック塀をよじのぼって大木の枝へ移り、そのますするすると木のぼりをして、屋根へ——と、そこまでは楽勝だった。

ところが、先頭のリンが屋根に一歩足をかけた瞬間、ぼこん、と不吉な音が鳴りわたったのだ。

なんと、瓦《かわら》ではなくてトタン屋根だった。

トタンがそんな音を立てるなんて知らなかった。だれが知るだろう。

わたしたちがうろたえてじたばたすればするほど、トタンはぼこんぼこん鳴りひびき、そうこうしているうちに突然、足もとが光った。下をのぞくと、その光は一階の出窓から射してくる。

家の住民が目覚めてしまったのだ。

どうしよう、なんて考えているひまはなかった。頭はパニックでも行動はすばやく、わたしたちは転げおちるようにして屋根から木の枝へ、ブロック塀へと逆戻りした。地面に足をおろすなり、一心不乱に走りだす。あんなに心臓がどきどきしたのは生まれてはじめてかもしれない。

だれにも追われていないことがわかったとたん、わたしたちは大きな駐車場の一角にへたりこんだ。ふたりとも干からびたカエルみたいにひどい顔をしていた。荒い息が整ってくるにつれ、そんな自分たちが無性におかしくなってくる。はじめは照れかくしにニタニタ笑い、その笑い声が高まって、やがてわたしたちは爆笑しはじめた。あんなに長いこと笑っていたのも生まれてはじめてかもしれない。

でもまあ、あのときは逃げきれたから笑えたものの、もし捕まっていたらどうなっていたことか。

真夜中に、なんの意味もなく、人んちの屋根にのぼっているのである。謝るくらいじゃすまないだろうし、泣いてもしょうがない。かといって開きなおるのもどうかと思う。

一番こまるのは、「なぜこんなことをしたのか？」と聞かれること。大人はすぐに理由を聞く。それがフェアな態度ってものだと思っている。

でも、残念ながら大抵のことに理由はない。

ところで、突然ながらわたしはまた学校に通いはじめた。

先週の月曜日。朝っぱらから玄関のチャイムが鳴り、こんな時間にだれだろうと窓からのぞくと、門前に西郷《さいごう》どんの銅像が立っていた。

よく見ると新しい担任だった。ついに家まで迎えにきてしまったのだ。

まるでNHKの学園ドラマみたい、と感心している場合ではなかった。わたしの不登校なんて理由のかけらもないただのサボりなのに、このままでは大事になってしまう。なんとかしなくては。

本腰を入れて考えた結果、おとなしく登校するのが一番だろうと観念した。

どんなに学校がつまらなくたって、今のわたしには屋根がある。そう思うと、いつのまにか冬服になっていたセーラー服の着心地もそんなに悪くない。

「なあ、飯島」

「はい？」

「前任の富塚《とみづか》先生のことだが……」

学校へ行く道の途中で新しい担任が言った。もはやそんなに新しい担任でもな

くなっていたけど。

「難病とはいっても、それほど重たい難病じゃないんだ。かなり軽度の難病とい
うのかな、徐々に回復にむかっているようだし、そう気にすることはない。飯島
は富塚先生を慕っていたようだが、心配することはないよ」

わたしは今ごろインドでカレーでも食べているにちがいないすみれちゃんの姿
を思いうかべた。

「それを聞いて、安心しました」

うそのなぐさめにうその笑顔を返しつつ、すみれちゃんもたまにはわたしたち
を思いだしてくれてるのかな、と考えてみる。すみれちゃんのいない教室で勉強
したり、給食を食べたり残したり、飛んだりはねたりしているわたしたちの姿を
思いうかべたりするのかな。

わからない。

となりで疲れた顔をしている担任だって、本当はアマゾンでピラニア釣りをしたいと思っているかもしれないのだし。

ともかく、このようにして二週間におよぶわたしの不登校は幕を閉じた。


遠い空から雨雲が迫ってくる。

わたしは屋上の手すりを握りしめ、来るな、来るなと念じていた。今日も雨が降ったら、これで三日続きだ。

眼下に広がるグラウンドでは、昼休みを待ちわびていた生徒たちがちゃかちゃかと動きまわっている。バレーボール。サッカー。鉄棒。なわとび。追いかけっこ。笑い声がここまで届く。平和な昼休み。

今日や明日の空模様を案じている中学生なんて、わたしとリンぐらいだろう。

「なに見てんの」

ふいに背中からいまわしい声がして、ふりむくと、いまわしい顔があった。

栄養不足のおたまじゃくしみたいな目。いつも荒れている唇。ひょろりと背が高く、そのくせ肩幅はせまくて、全体的に青白い。

人呼んで、キオスク。

どんなテクニックを持っているのか、こいつはいつも足音をたてずに忍びよってくる。

「なんか用?」

「用っていうか、あの、前から気になってたんだけど」

キオスクはのっぺらとした表情のまま、わたしの横にならんでフェンスに両手をかけた。

「飯島さん、あの二週間、なにしてたの? 学校休んでたとき」

「べつに、なんにも。ただ家にいただけ」

「家でなにしてたの?」

「だから、なんにもっ」

「あ、ごめん。でも、病気じゃなくてよかったよ。あの、それで、手紙を……」

「なに?」

「手紙を、弟さんに渡したんだけど、読んでくれた？」

「読んだよ」

「ほんと？　で……」

「捨てた」

「ええっ」

「悪い？」

「う……うん、ううん」

「どっちよ」

　イライラしてきた。

　キオスクといるとだれもがイライラする。テンポが悪いというか、ピントがずれているというか。みんなで話をしていてもキオスクが口を開くと決まって白けるし、もりあがっていたムードが急降下してしまう。

　一年のクラスでも、今のクラスでもそうだった。次第にキオスクはだれからも相手にされなくなり、今では不良ぶった男子たちのいい使いっぱしりになっていた。給食当番。日直。トイレ掃除。いやな仕事を押しつけられても、キオスクは文句を言うどころか、こびた笑顔まで作って見せる。それがよけいにみんなをイラつかせた。

「あいつってさ、ひと駅にひとつあると便利なキオスクみたいだよな」

だれかの一言にバカうけしたのが、あだ名の由来。

でも、なによりも気にさわるのは、このキオスクがこのわたしを、どういうわけだか自分の同士だと信じこんでいることだった。

「こないだのオフ会、飯島さん来なくて残念だったよ」

フェンスの錆《さび》を指先でなでながらキオスクが言った。

「行くわけないでしょ」

「どうして？」

「興味ないから。いつも言ってるじゃない」

「でもぼく、それは飯島さんがみんなを知らないからだと思うよ。すごくいい人たちなのに」

「みんなって、だれよ」

「いろいろいるよ。ぼくみたいな中学生はめずらしいけど、高校生も大学生もいるし。会社員やＯＬ、エンジニア、そういえば歯医者さんもいた」

「歯医者さんねえ」

「でも、それってみんな……」

「仮の姿なんでしょ」

聞きあきていた。

だれにもないしょだよ、とキオスクがインターネットの怪しげなオフ会に参加したことを打ちあけてきたのは、二年生にあがってすぐのことだった。あんなに生き生きしたキオスクを見たのははじめてで、わたしは驚きのあまりついつい話を聞いてしまった。あれが命とりだった。

ぼくたちはね、やがて訪れる世紀末の大戦のために生まれてきたんだ。今の自分なんて仮の姿なんだよ。もうすぐ一致団結して戦わなきゃいけない日がやってくる。もうすぐだよ。いろんな前兆が起こってるんだ。

そんな話を何度聞かされたことだろう。

「キオスク。あんた鏡を見たりさ、日記でもつけたりして、自分のどこが戦士なのかよく考えたほうがいいよ」

わたしのいやみもキオスクには通じない。

「鏡に映るぼくは本当のぼくじゃないもん。ただの仮の姿なんだから」

「その仮の姿ってなんなのよ、いったい」

「だから、体だけっていうか。魂はもっとべつのところにあるっていうか……。飯島さんもオフ会に来ればわかるよ。もっとわかりやすく説明してくれるから」

「わたし、仮の人たちとは遊ばない」

吹きこんでくる風がプリーツスカートを持ちあげる。乱れた前髪が目の前にかぶさって、わたしはその合間からキオスクをにらみつけた。

「マンガじゃあるまいしさ、いつもはただのサラリーマンだけど本当はスーパーマンとか、いつもはふつうの女の子だけど本当は魔法使いとか。そんなの本気で信じてる人たちとは遊ばない」

キオスクがくやしげに目をふせた。わたしではなくてフェンスの錆をにらむ、弱気なくやしがりかただ。もっと怒ればいいんだと、わたしを残酷な気分にさせる。

「キオスク。あんたはね」

わたしは笑顔でとどめをさした。

「いつもはただの中学生で、じつにただの中学生なのよ」

五時間目の授業中、とうとう雨が降りだした。

いつになったらぴかぴかの屋根日和が訪れるんだろう？

ショックでうなだれていると、後ろの席からみっちゃんがわたしの背中をつついて、ノートの切れはしに書いた手紙をよこした。

陽子、さっき昼休み終わったとき、キオスクと一緒にもどってきたでしょ。

うかつなことするとうわさになるよ。
陽子までキオスクあつかいされるぞ。
用心しろよー。

わたしもただちに返事を書いて渡した。
こんなことをしているからノートがすぐにぼろぼろになるのだ。

うわさですかねー。
わたしってばスキャンダラスな女でまいっちゃう。
ほほほ。

数分後、またしても返信。

ばかたれめ。

スキャンダラスなのは弟のリンくんだろーが。

姉のくせに先こされちゃってなさけねーやつ。


意味不明だった。

どうしてリンがスキャンダラスで、わたしが情けないのだろう。

「みっちゃん。さっきの手紙、あれなに？」

授業が終わるのを待って、わたしは体を回転させた。

「なにって？」

みっちゃんはアフターファイブのＯＬみたいに、胸にたらした三つ編みをせっせとほどいている。

「リンのこと。スキャンダラスがどうとか」

「あぁ、だから、七瀬《ななせ》さんとのことだよ」

「七瀬さん？」

反射的に窓際へ目をやった。

いつも窓辺でかたまっているおとなしい子たちのグループ。優雅でほのぼのとしたそのたたずまいから『若草物語』と名づけられている四人組の中で、一番内気そうな七瀬さんはさしずめベス役だった。

でも、今日の七瀬さんはほかの三人から外れて、ひとりで帰り支度をしている。

「七瀬さんがどうしたの」

「えっ、陽子、知らなかったの？　七瀬さんとリンくんね、今、ちょっといい感じなんだって。リンくん、上級生に人気あるから、わりと話題になってるよ」

「は？」

あっけにとられて言葉もなかった。

たしかにリンは年上の女の子たちから人気がある。顔と声が「かわいらしくて、ぐっとくる」らしい。でも、いまだかつて特定の相手とうわさになったことはなかった。だってまだ中学一年生なのだ。

「七瀬さん」

わたしがその名前を口の中でくりかえすと、

「そう。その七瀬さんがね……」

みっちゃんはわたしの耳もとに口をよせて、

「今、『若草物語』の連中にハブにされてんの。リンくんのことでひんしゅく買ったみたい。やっぱエイミーやジョーをさしおいて、一番奥手のベスがスキャンダル起こすのはまずいよね。陽子が学校サボってるうちに、こっちじゃいろいろあったのよ」

「はあ」

「じゃあわたし、これからママと食事してカラオケだから。また明日ね」

みっちゃんは元気いっぱいに立ちあがり、わたしの肩をバシバシたたいて去っていった。

リンと七瀬さんがちょっといい感じで、

わりと話題で、

七瀬さんはハブで、

これからカラオケ？

頭の中を整理するのに時間がかかりそうだった。

縁起をかついで傘を持ってこなかったから、濡《ぬ》れて帰るのは覚悟の上だった。昇降口にひしめく生徒たちは皆、色とりどりの傘を手にしている。枯れ木に花を咲かせるように、グレーの空へと傘を広げる。

どうしてわたしだけ傘がないんだろう。

そっか、縁起をかついで持ってこなかったんだ、と思った。

なんだかシリメツレツだ。整理するどころか、頭の中では七頭のカバが思い思いにフラダンスを踊っているかのようだった。

「飯島さん」

下駄箱で靴をはきかえていると、後ろからキオスクがやってきた。

「あの、さっきの話なんだけどね。ぼくのいう戦士っていうのは、スーパーマンや魔法使いとはちょっとちがうんだよ。もっとまじめっていうか。ちゃんと人間っていうか」

わたしの足元を見おろしながら言う。靴とお話ししているのかもしれない。

「そう」

小声で返してから、「そうだ」とわたしはふいに思いたって聞いた。

「あんた、リンと七瀬さんのうわさ、知ってた？」

「え？　あ、あの、うん」

「そう、あんたでさえ知ってたんだ」

「クラスの女子たちが話してたから」

「ふうん」

「飯島さん、もしかして知らなかったの？」

カシャン。下駄箱のふたをもどしたら、思ったよりも大きな音が出た。

「飯島さん、傘は？」

そういうキオスクも傘を持っていない。

「あんたも持ってこなかったの？」

「ううん、持ってきたんだけど。あの、岡本くんが今日だけ貸してっていうから」

「ばっかじゃない。だからあんたはキオスクなのよ」

「雨やむまで一緒に待ってる?」

「さっさと帰る」

「けっこう降ってるよ」

「たいしたことないよ」

「そう?」

「見りゃわかるでしょ!」

見た目よりもずっと雨は強く冷たくて、濡れて帰るのも楽じゃなかった。

3

「うわ、また煮物だ」

汗のにおいをぷんぷんさせて帰ってきたリンが、台所をのぞいていやな顔をした。

「また?」

はて、とわたしは鍋《なべ》の中に目を落とす。今夜のメインは煮こみハンバーグ。野菜をたっぷり煮つめたトマトソースがぐつぐついっている。

そういえば昨日は肉じゃが、おとといは大根とアラの煮物だった。

「陽子、最近なんかあったの？」

「べつに、なんにも。なんで？」

「だって陽子、元気ないときとか落ちこんでるときとかって、煮物ばっか作るから」

「え」

「それで調子がいいときは炒《いた》め物なんだよね、大抵」

言われてみればそうかもしれない。

今日だって、はじめはただのハンバーグにする予定だったのに、焼いただけではなんだかものたりなくて、煮こみたい、煮こみたい、という欲求がお腹の底からむらむらと……。

「すごいっ。ぜんぜん気がつかなかった。リンって意外とするどいね」

「今まで気がつかなかったってとこがすごいよね」

一緒にリビングへ料理を運び、パパとママを待たずに食べはじめた。

四人がけのテーブルにはS席、A席、B席、そしてアリーナがある。テレビを真正面から見られる椅子がアリーナで、首をかたむける角度が大きくなるにつれてS席、A席、B席、と格落ちしていく。家族全員がそろっているときはパパとママにいい席をゆずり、リンとふたりのときはその日の食事当番がアリーナの権利を手にすることになっていた。

リンが陸上部に入ってからは、わたしが毎晩、アリーナを独占している。

「食事当番、いつもやらせちゃってごめんね」

三つ目のハンバーグをほおばりながら、S席のリンがすまなそうに言った。トマトソースで口のまわりがべたべたただ。

「べつにいいよ。アリーナでテレビ見れるし」

「明日はぼくが作るよ」

「部活は？」

「休み。顧問が来ないから」

「ふうん」

「それでね、明日うちに友達つれてきて、一緒にごはん食べていい？」

「うん、いいよ」

わたしがうなずくと、リンはいたずらっぽく両目を広げて笑った。

「その友達ってね、陽子のクラスメイトだよ」

「クラスメイト？」

もしや……。

「七瀬さん？」

とっさに口をついて出た。

三日前、みっちゃんに例のうわさを聞いてからというもの、わたしの心にへばりついて離れなかった名前だ。リンには言えずにいた。もしもデマだったら、リンは傷つくかもしれない。

でも、リンはテレビのバラエティーショーに見入りながら、陽気な笑い声まであげて、いともあっさり言ってのけたのだ。

「なあんだ、陽子、知ってたんだ」

ばか、ものすごいうわさなんだよ、とも言えず、わたしはこの無頓着《むとんちゃく》すぎる弟をあきれ顔でながめた。

「最近、仲いいんだって？　七瀬さんと」

「うん、今、陸上部で一緒に走ってるんだ。長距離やってるやつって少ないから、けっこう仲よくなったよ」

「七瀬さんが陸上部？」

ベスのイメージに似あわない。

「まだ入部してそんなに経ってないけど、がんばってるよ」

「ふうん」

「その七瀬さんがね、陽子にあこがれてるんだって」

「え」

意外な言葉にわたしはとまどった。

「なにそれ、へんなの。七瀬さんとはほとんど口きいたこともないのに」

「七瀬さんもそう言ってた。だからしゃべってみたいって。それでぼく、じゃあうちに来ればいいじゃんって、夕食に招待したの」

「教室で毎日会ってるのに？」

「教室じゃ声をかけづらいんだって」

おかしな話だった。

七瀬さんがわたしにあこがれていて、わたしとしゃべりたくて、
明日いきなり夕食を食べにくる？

みっちゃんの話とはずいぶんちがう。頭の中で十一匹の白熊がシンクロナイズドスイミングをはじめそうになり、わたしはあわててテレビのボリュームをあげた。

翌日、教室で目にした七瀬さんは、やっぱりいつもの七瀬さんだった。『若草

物語』の三人からはまだ無視されているらしく、窓ぎわの席にひとりぽつんと座っている。やせていて顔も小さく、髪もよくあるショートボブだから、じっとしていてもちょっと目を離せば見失ってしまいそうだ。

休み時間は窓の外をながめてすごしていた。まるで落下寸前の枯れ葉を主人公に、メルヘンチックな空想でもしているような横顔。この七瀬さんが放課後、うちに夕食を食べにくる？

うそでしょう、と思った。宮殿のお姫さまがジャングルに足を踏みいれるようなものだ。

しかし、姫は来たのである。

わたしが家に帰って三十分後、スーパーの袋をかかえた家臣のリンをしたがえて、七瀬さんが玄関に姿を現した。

「おじゃまします」

出迎えたわたしにぺこりと頭をさげる。顔は緊張でこわばっているのに、意外と声はしっかりしていた。七瀬さんの声をはじめて聞いた気がした。

「じゃ、今日はぼくがごちそう作るから、ふたりともゆっくりしてて」

リンが台所に消えると、わたしは七瀬さんをリビングのアリーナに案内した。

わたしが紅茶をいれているあいだ、七瀬さんはうつむいてスカートのひだを整えたり、セーラーのスカーフを結びなおしたり。今に深呼吸でもはじめそうで、こっちまで落ちつかない。

「どうぞ」

紅茶のカップをさしだしながら、さて、とわたしは考えた。なにを話せばいいのだろう？

天気の話。季節の話。学校の話。なにか共通の話題——。

「七瀬さん、今、グループで仲間外れになってる？」

声にしてすぐ失敗に気がついた。カップの柄をにぎる七瀬さんの指がぴくりとしたから。やっぱり天気の話から順序よくやっていくべきだったのだ。

「うん」

気まずい沈黙のあと、七瀬さんは小さくうなずいた。

「陽子ちゃんも気がついてたんだ」

「友達に聞いたの。リンとのうわさが原因って、本当？」

「ううん、それはちがう、と思う。あのうわさ、ぜんぶうそだから。みんながおもしろがっていろいろ言ってるだけ。わたしたち、本当にただ一緒に走ってるだけなの」

「陸上部、入ったんでしょ」

「うん。でもわたし、グループのみんなに相談しないで決めちゃったから。放課後も練習でみんなと帰れないし。それが原因かなって」

客観的というか、淡々と話す。こうしてむかいあってみると、七瀬さんは思ったほど疲れる相手ではなかった。仲間外れにされても悲劇のヒロインぶらずに落ちついてるし。

「しょうがないの。わたしたちのグループ、わりとごたごたが多くて、今までもほかの子が仲間外れになったりしていたから」

「そうなの？」

「うん。だから、今度はわたしの順番」

「優雅そうに見えても大変なんだね」

「陰ではね。どこのグループもいろいろあるみたいだけど」

「みたいだね」

「でも陽子ちゃんはどこのグループにも入ってないでしょう」

「うん。わたし、無所属だから」

トイレにまで手をとりあっていくような関係が苦手で、わたしはどのグループにも属していなかった。グループに関係なく、気の合う子とだけ遊ぶ。リンみたいに「だれとでも仲良く」じゃなくて、「だれかとだけ仲良く」だ。こういうやりかたも、ひとつまちがえばひんしゅくを買うことになるのだけど。

「どうしたらそんなふうにできるのかなって、わたし、ずっとふしぎに思っていたの」

「簡単だよ」

「え」

「けんかならだれにも負けない、って顔してればいいの。むりにでも」

「ああ……うん。陽子ちゃん、いつもそういう顔してる」

「えっ」

冗談半分で言ったのに、本気で納得されてしまった。

「だからわたし、ちょっと教室では声をかけづらかったの」

そうか、とわたしも納得した。

こわがられていたのか。


夕食のメニューは、リンの得意なチャーハンと、溶きたまごのスープ。にんにくとごま油の匂いが充満したリビングで、わたしたちはなごやかに食事をした。会話がとぎれなかったのは、リンがひとりでしゃべりまくっていたからだ。七瀬さんをリラックスさせるためか、リンはわたしたちが小さいころにしでかしたいたずらの数々を披露した。

近所の家を片っぱしからノックして「トイレを貸してくださいっ」と頼みこみ、

どこの家のトイレが一番立派だったか〈立派なトイレコンテスト〉をした話。

自分たちだけの隠れ家がほしかった時期、幽霊屋敷と呼ばれていた古屋に忍びこもうとしていたら、ちゃんと人が住んでいて追いかえされた話。

なんの意味もなく「大変だ、大変だ！」とさけびながら、家のまわりを何周も走りつづけた話（その後、「なにが大変なのか」という問いあわせの電話が家に殺到した）。

こういうネタならつきることがない。本当にはた迷惑な子供たちだった。思えば、この小さな町全体がわたしたちの遊び場だったのだ。

七瀬さんはスプーンを口に運ぶひまもないほどよく笑っていた。そうしてやっとお皿が空になると、「あのね」と姿勢を正してわたしにむきなおった。

「わたし、陽子ちゃんにお願いがあるの」

「お願い？」

「うん。今日、お邪魔したの、そのためでもあるんだけど……」

重大な告白でもするように、七瀬さんが声をひそめる。

「わたしね、この前、リンくんに屋根の話を聞いたの」

一瞬、すうっと体が冷たくなった。

リンが屋根のぼりのことを話した。わたしたち以外のだれかに打ちあけていた。秘密にしようと約束したわけじゃないけど、今までこんなことは一度もなかった。

むかいの席にいるリンが気まずそうに下をむく。

七瀬さんは遠慮がちに続けた。

「はじめはわたし、びっくりした。どうして屋根になんかのぼるんだろうって。でもね、そのことずっと考えているうちに、頭から離れなくなっちゃったの。屋根にのぼるってことが。夜中に屋根にのぼるってことが、頭にくっついて離れないの」

真剣な瞳《ひとみ》をむけられて、わたしは目をそらせなかった。その瞳の奥にふりしぼった勇気みたいなものが見える。逃げられない。

「お願い」

と、七瀬さんは言った。

「わたしも一緒にのぼらせて」

人は見かけによらない、とか、外見で人を判断してはいけない、とか、何度も聞かされてきたことだけど、やはり百聞は一見にしかず。生身の七瀬さんは迫力がちがった。

七瀬さんはおとなしいどころか、かなり大胆な子かもしれない。

しかも、がんこだった。

屋根のぼりの申し出はリンにとっても初耳だったらしく、リンはわたし以上にとまどった様子で、なんとか思いとどまるように説得した。

「危ないよ」

「こわいよ」

「親が泣くよ」

などと言葉をつくすのだけど、やっている本人の言うことなので、ぜんぜん説得力がない。七瀬さんは「でも、やってみたいの」の一点ばり。

結局、答えが出ないまま七瀬さんは帰っていき、わたしが台所で食器を洗っているとき、

「陽子」

ふきんを手にしたリンが横に並んだ。

「屋根のこと、七瀬さんに話しちゃってごめんね。七瀬さん、このごろ元気なかったから、おもしろい話しようと思って、つい」

「いいよ、もう」

たいしたことじゃない、とわたしは自分に言いきかせる。

「屋根のこと話したら、七瀬さん、元気出た？」

「それが、別人のように」

「なんでかな」

「うーん」

そのおおげさな反応はなんだろう。七瀬さんはどうして屋根にのぼりたがるんだろう。

「どうする？　七瀬さん」

リンの問いかけに、わたしは返事をためらった。

これまではいつでも、どんな遊びでも、わたしとリンのふたりきりで考えて、実行に移してきた。

そこにもうひとり加わる。

複雑な気分だった。

でも……。

「七瀬さんがそんなにのぼりたいんなら、一緒にのぼればいいんじゃない」

わたしは思いきってそう言った。

「屋根はみんなのものだから」

「屋根は、持ち主のものだよ」

リンが水をさす。

「でも、のぼりたいって気持ちは、七瀬さんのものでしょ。七瀬さんがどうしてもやりたいって言ってること、わたしたちが我慢させたり、できないじゃない」

言いながらエプロンで手をぬぐい、あごを上向きにかたむけていく。

洗い場の上にある窓からは、となりの家の赤い屋根が、その上に広がる暗い夜空が、その中で輝く星々が見渡せる。遠いきらめきをあおぎながら、わたしもリンも我慢のできない子供だったな、とふと思った。今でも、それだけはできない。

なにかにときめいて、わくわくして、でもそれを我慢したらつぎからは、そのわくわくが少し減ってしまう気がしていた。

なにかしようよと足踏みをする、わたしの中の千人の小人たちが八百人に減ってしまう。二回我慢したら六百人に。三回我慢したら四百人に。

そうして最後にはわたしのちっぽけな体だけが残される。

空っぽのこの体だけ。

暗いところにひとりきりで。

4

七瀬さんの「屋根初のぼり」は十月二十七日に決定した。二十七、二十八、二十九の三日間は死ぬほど忙しくて家に帰れない、とパパたちが前から言っていたのだ。

心配なのは天気だけ。

この朝、カーテンのむこうにさわやかな秋晴れの空を見たときは心底ホッとした。

七瀬さんもさぞ喜んでいるだろう。

学校へ行ってみると案のじょう、遠くからでもその興奮が伝わってきた。陸上部の朝練のせいかもしれないけど、ほっぺがときめきのピンク色だ。

「ついに初のぼりだね」

「うん、ついに」

給食のあと、七瀬さんと窓ぎわで日向《ひなた》ぼっこをしながら、意味もなくへらへら笑いあった。

五時間目は体育の授業だから、クラスのみんなはすでにグラウンドで遊んでいて、教室に残っているのはわたしたちとキオスクだけ。キオスクはせっせと給食の配膳台《はいぜんだい》を片づけている。今日はだれに押しつけられたのか、こいつは一年じゅう給食当番なのだ。

「緊張してる?」

「うん、ちょっと。でもね、すごく楽しみ。わたし、がんばるから」

「がんばることないよ。ただの遊びだもん」

「リンくんもそう言ってた」

「気楽にやろう」

「うん」

ふたりしてにやにやしていると、ぞうきんを片手にキオスクが近づいてきた。

「あの、飯島さん」

「なによ」

「あの、その、ええっと、それが……」

はっきりしな、と言いかけたところで、「じゃあわたし、先に着替えてる」と七瀬さんが気をきかせて教室を出ていった。

「キオスク。あんたね、言いたいことあるならさっさと言いなよ」

「いやあの、今度の土曜日ね、また例のオフ会があるんだ」

手にしたぞうきんをもぞもぞといじりながら、キオスクが小声でしゃべりだす。今日はぞうきんとお話ししているのかもしれない。

「それで、今度こそ飯島さんもって思ったんだけど。どう？」

「行くわけないじゃない。何回も断ってるでしょ」

「でも、今回は作家のえらい先生も来るんだよ。世紀末の小説とか書いてる」

「あんた、えらい人に会って楽しいの？」

「楽しいっていうか……とにかくすごい人なんだよ。人類滅亡の前兆を集めたデータとか、実際に世紀末の大戦がはじまったときの具体的なプランとか、そういうのいっぱい持ってるんだ」

この手の話になると、たちまちキオスクの舌はなめらかになる。声に熱がこもる。視線だけがぞうきんのあたりでふらついていた。

「具体的なプランって、どういうの？」

「ぼくたち戦士はね、ひとりひとり、べつの使命を持ってるんだ。いざ大戦が起こったら、みんなその使命にしたがって行動するんだよ。つまり、みんなが自分だけの役目を持ってるってこと。その作家の先生、だれがどんな役目を持ってるか、今の段階でぜんぶ把握してるんだって」

キオスクは自信たっぷりに言った。

「だから飯島さんもおいでよ。飯島さんだって選ばれた戦士のひとりなんだから」

「わたしがいつだれに選ばれたのよ」

「前世からの宿命なんだよ。仲間のぼくにはわかるんだ」

お手あげだ。

「もし大戦が起こったとしてもね、あんたの役目は給食当番よ」

うんざりと言いすてて教室をあとにした。

わたしにとっては世紀末よりも、五時間目の体育のほうが大問題なのだ。

今日はバレーボールの勝ちぬき戦がある。わたしは背が低いのでスパイクはだめだけど、小回りはきくからレシーブは得意。だからわたしの役目はレシーバーなのだろう。そんなの、人に聞かなくたってわかる。

単純なことなのに。

配膳台にもどっていくキオスクの足音を聞きながら思った。

ぞうきんだって自分の役目ぐらい、今の段階で把握しているはずなのに。


午後七時。

教科書やノートのつまった鞄《かばん》を抱えて、七瀬さんがうちにやってきた。これから泊まりこみで一緒に試験勉強をする、という建前になっている。

わざとらしい鞄はさておき、七瀬さんの服装はわたしたち姉弟《きょうだい》に爆笑をもたらした。

黒いカットソーにブラックジーンズ、それに薄手の黒いブルゾン。まだ必要ないのに黒い手袋まではめて、もともと短い髪さえ黒いヘアバンドで固定している。足もとの白いスニーカーだけがきらりと輝いていた。

動きやすくて目立たない恰好《かっこう》がいい、とは言っておいたものの、ここまでやるとは。

「空き巣じゃないんだよ、七瀬さん」

「今どきの忍者みたい」

リンとわたしが口々に言って吹きだした。

「やっぱり？　自分でもちょっとやりすぎた気はしてたんだけど……」

七瀬さんも照れ笑いをしていたけど、なんというか、まんざらでもなさそうな顔だった。


午後八時。

三人で夕ごはんを食べる。今夜のメニューは野菜炒《いた》めとさんまの塩焼き。わたしと七瀬さんで作った。

食事が終わるとひまになる。まだまだ時間はたっぷりあった。

「トランプしよう」

リンが提案して、

「うん、なんか賭《か》けようよ」

わたしがもりあがり、

「でも、やっぱりみんなで勉強しましょう。わたしたち来年は受験だし、リンくんも再来年は受験だし」

七瀬さんがその場をしんとさせた。

「七瀬さん、未来の受験より今の遊びだよ」

「そうだよ、今を生きようよ」

わたしとリンの抗議にもゆらぐことなく、七瀬さんは「ダテじゃないのよ」といった調子で鞄を開くと、教科書やノートを出して本気で勉強しはじめた。しょうがないからつきあうことにした。

数学の方程式に挑みながらも、七瀬さんはときおり、ちらちらと腕時計に目をむける。その横顔はまるでシンデレラだ。

時計の針が十二時をさしたら、真夜中の町にくりだすことになっていた。

午前〇時。

いざ出発、と三人で家を出た。

わたしとリンもしばらく屋根にのぼっていない。ひさしぶりに町へ出ると、深夜の肌触りがすっかり変わっていた。ひんやりとした水っぽい涼しさ。いつのまにか秋が深まっている。

町外れへと歩きながら、まずはのぼりやすい屋根を物色した。初心者の七瀬さんにも難なくのぼれる屋根がいい。

せわしなくあたりを見わたすわたしとリンのあいだで、七瀬さんはしゃきんとしたいい表情をしていた。それでもやはり緊張しているのか、ときどき両腕を広げて深呼吸をくりかえす。そうして嚙《か》みしめるようにささやくのだ。

「夜中の風って、おいしい」

午前〇時四十五分。

のぼるために作られたような屋根を発見。

ゆるやかな坂道をのぼりきったところに、三軒の家が孤立して建っている。周囲は空き地で人気もゼロ。絶好のロケーションだ。

わたしたちが目をつけたのは三軒の真ん中、紅色の瓦屋根《かわらやね》。

この家のポイントは、庭を占める駐車場のルーフだった。家を囲むブロック塀から軽く乗りうつれる位置にある。ルーフは屋根の真下までのびている。これならブロック塀、駐車場のルーフ、屋根の順に、ホップ、ステップ、ジャンプ──の要領で軽々と制覇できる。ブロック塀からルーフまでも、ルーフから屋根までも、段差はほとんどないから目をつぶっていてものぼれそうだった。

家の窓にも明かりは灯《とも》っていない。耳をすましても物音はせず、完全に静まりかえっている。右どなりの家からも光や音はもれてこないし、左どなりの家は改築工事中。

「問題は、駐車場のルーフだよね」

リンが首をひねった。

「あれ、プラスティック？」

「さあ。まさか割れたりはしないと思うけど、音がねえ」

トタンで痛い思いをしているわたしたちにとって、音は悩みのタネだった。でも、不安材料のない屋根などないし、あったとしても見つけるまでに夜が明けてしまう。

「この屋根でいい？」

七瀬さんに聞くと、「うん、もうなんでもいい」ということで、ここに落ちつくことにした。


午前〇時五十五分。

リン、七瀬さん、わたしの順でのぼりはじめた。

ブロック塀はくぼみの部分を足がかりにしてよじのぼれる。

七瀬さんは初心者のわりに身のこなしが軽やかで、忍者みたいな服装もダテじゃなかった。くっと上を見あげて、弱音も吐かずに黙々と動く。まるで屋根の上になにか、七瀬さんが待ちわびているとっておきのなにかがひそんでいるかのように。

問題の駐車場のルーフは、やはりどうしても音が出る。鉄製の骨組みにそって足をすべらせても、少しバランスを崩すとパコパコと響いてしまう。ひやひやする反面、これくらいだいじょうぶだろうとも思った。トタンに比べればひかえめな音だ。

ルーフの上を這《は》いながら進んで、ようやく屋根の縁にたどりつく。

最初にリンが両手を縁にかけ、弾みをつけて乗りうつった。リンに手を借りて、七瀬さんも楽々と移っていく。わたしもそのあとに続いた。

あっけなくのぼりきったわけだ。

屋根のぼりなんて結局、こんなものなのである。見つかったらただの犯罪者で、それなりの覚悟がいるわりに、やっていること自体は徹底的にくだらない。

そのかわり、わたしたちはその夜を手に入れる。

自力でのぼった屋根にひざを抱えて座るとき、すーっと息を吸いこみながら見上げるその空を、月を、星ぼしを、雲のかけらを、まるごと自分たちのものにしたような気分にひたれるのだ。

星はわたしたちのために輝いている。

雲はわたしたちにむかって流れてくる。

風はわたしたちのために空をめぐる。

ふだんはぜんぜん思うようにいかない、もしかしたらわたしたちを無視しているかもしれないこの世界だって、今だけはわたしたちを中心に回っている。

そんな気分に——。

「ありがとう」

ささやき声に目をやると、七瀬さんが満足そうな笑みを浮かべていた。

わたしはだまって右手をさしのべ、七瀬さんと手をつないだ。

七瀬さんの手はしっとりとあたたかだった。

屋根の上ではだれでも無口になる。わたしたちはひとりひとり、それぞれが好きなことを考えながら、もしかしたらなにも考えずに、ただじっとそこにいた。

動いているものといえば夜空を横ぎる飛行機のライトぐらいだった。

異変が起こったのは何分後のことだろう。

ややや離れて座っていたリンが、となりの家に顔をむけて「ひっ」とあえぐような声を出した。

「だれか見てる」

ぞっとした。

「えっ？」

わたしはリンの視線を追いかけた。

電灯の消えたとなりの家。その側面にあたる二階の窓に、ぼんやりと白い影がちらついている。一瞬、幽霊かと思った。でも人間だ。わたしたちを見つめている。

こわいというよりも、気味が悪かった。

つないでいた七瀬さんの手が震えだす。

どうするべきか。逃げるにはタイミングを逸してしまい、わたしたちは為《な》す術《すべ》もなくその場に凍りついた。

やがてその影がもそっと動いた。窓ガラスを開きはじめたのだ。

絶体絶命。そろって後ずさりするわたしたちにむけ、その影は窓から身を乗りだすようにして言った。

「なにしてんの？」

聞きおぼえのある声だった。

まさか。

恐ろしい考えがわたしの頭をかすめる。

「そんなところでなにしてんの？」

まさか、まさか。

リンが止めるのもきかず、わたしは吸いよせられるようにその影へと這っていった。

近づくにつれて、白い顔の輪郭が鮮明に見えてくる。

見憶《みおぼ》えのある顔だった。

「飯島さんでしょ？」

ふたたび聞きおぼえのある声――。

午前一時十五分。

草木も眠る丑三《うしみ》つ時《どき》。

こんな時間帯には絶対に会いたくないやつと、しかもロミオとジュリエットみたいな状況で、わたしは対面するはめになった。

キオスク、だった。

5

小さな町だから、今までだって知らずに友達の家の屋根にのぼっていた、なんてこともありえる。もともとわたしたちの通う地元の公立中学は、遠くの私立まで通う野心も気力もない、のんびり屋の集まりなのだ。当然、友達の家はそこいらじゅうに散らばっていた。

でも、どうして、よりによってキオスクなのか。

知らなかったとはいえ、キオスクの家のとなりの屋根なんて選んでしまったことを、わたしは深く深く後悔したけれど、今さら後悔してもなんの役にも立たないから、ただちに対策を練った。

昨夜はとりあえず、屋根の上のわたしたちにむかって「なにやってんのー」などと、とぼけた質問を続けるキオスクをどうにかだまらせた。放っておけば自分も窓枠を越えて屋根に乗りだしてきそうなくらい、キオスクは興味津々の顔をしていたけど、こっちとしてはのんきに答えている場合ではない。

「しっ、声が大きい」

「くわしい話は明日、学校で」

ジェスチャーと口パクを駆使して、ひと苦労だった。

キオスクもさすがここで騒いではまずいと気づいたらしい。OK、のつもりか両手で大きな「〇」を描いた。その隙にすばやく退散したわけだ。

でももちろん、これで解決ってわけじゃない。

翌日の放課後、枯れ葉を敷きつめた学校の中庭で、わたしたちはキオスクに

「くわしい話」をするはめになったのだった。


「わかんないな」

キオスクはぽかんと言った。

「どうして屋根にのぼったりするの?」

「だから、そういう遊びなんだってば」

わたしがぐったりと言いかえす。

もうあきあきするほど同じやりとりをくりかえしていた。

大きなケヤキの木陰に、人目を避けるように座りこんでから早一時間。キオスクにはわたしたちの話がさっぱり理解できないらしく、まるでトンボにエンゲル係数の説明でもしている気分だった。体操服姿のリンと七瀬さんは、早く部活に出たくてうずうずしているというのに。

「なんで屋根にのぼるのが遊びなの?」

「おもしろいからよ。なんだって、おもしろきゃ遊びなの」

「屋根にのぼるのっておもしろい？」

「だから、おもしろいんだってば」

「わかんないなあ」

絶望的。わたしが足もとの落ち葉をかかとでぐりぐりしていると、横からリンがとんでもないことを口にした。

「やってみればわかるよ」

「ちょっと、なに言ってんのよ」

「いいじゃん、七瀬さんだって軽くのぼれたんだし。こうなったら三人も四人も同じでしょ。みんなで仲良くのぼろうよ」

両手で足首をもみほぐしながら、リンが持ち前のフレンドリーシップを発揮する。

冗談じゃない、とわたしは心でさけんだ。リンにとっては人類みな兄弟かもしれないけど、わたしにとっては他人は他人なのだ。しかも相手はキオスクだ。

でもキオスクは冗談どころか、大まじめに考えこんでしまった。

「でも、知らない家の屋根にのぼったりして、もし見つかったら、大変でしょ」

「うん。大変だよ」

リンがうなずくと、

「そうだよね。それに危ないよ、暗いところで屋根にのぼるなんて」

「そういえば危ないかもね」

「うん、危ないよ。ぜったい危ないよ」

キオスクはひとりで何度もうなずいている。

わたしはそこにつけこんで、

「そう、ものすごく危ないの。だからあんたはのぼろうなんて考えないで、屋根のことは忘れなさい。ついでに昨日のこともきれいさっぱり忘れてなかったことにしよう。わかった？」

一気にまくしたてると、迫力に押されたキオスクがうなずいて、その場はまるくおさまった。

おさまったはずだったのだ。

その夜のジャスト八時。

キオスクから電話がかかってきた。

「ぼく、あれからいろいろ考えてみたんだけどね、屋根にのぼるなんて、やっぱり危険すぎるよ。見つかったら大変だし、落ちたらもっと大変だし。リスクが高すぎるっていうか、そのわりに成功したって見返りがあるわけじゃないし、ぼくには無理だと思うんだ」

わたしも無理だと思うから安心して忘れなさい、となだめてわたしは電話を切った。

つぎの夜のジャスト八時。

ふたたびキオスクからの電話。

「どうしてもわからないんだ。夜中によそんちの屋根にのぼったりして、それがなにになるの？　なんか意味があるのかな。リスクを冒すだけの意味とか、価値があるのかな」

全然ないから忘れなさい、と言いきかせてわたしは電話を切った。

そして、三日目のジャスト八時。

やはり電話は鳴ったのだった。

「のぼってみてもいいかなって気もしてきたんだよ。ただ、ネックはやっぱりモチベーションかなあ。ぼく、たんなる遊びってだけで、そこまでやれるかわからなくて」

やらなくていいからお願い忘れて、と懇願してわたしは電話を切った。同時に、わたしの頭の中でもなにかがプツンと切れてしまった。

「どうしてくれんのよ」

受話器をもどすなり、わたしはリンに噛《か》みついた。

「リンがへんなこと言うから、キオスク、その気になってきちゃったじゃない」

リンはわたしが席を立った隙にアリーナを乗っとり、クイズ番組に見入っている。

「だから、仲良くのぼればいいじゃん。屋根はみんなのものなんでしょ」

「屋根は持ち主のものよ」

「でも、だれかがやりたがってるのに、我慢させたりできないんでしょ」

「キオスクはべつ」

「ぼく、相川《あいかわ》くんのこと嫌いじゃないよ。なんで陽子がそんなに嫌うのかわかんない」

「リンはどうせ嫌いな子なんていないんでしょ」

「うん。そうかも」

リンがへへっと笑う。

幼いころのまんまの、とろける笑顔。これにだけはかなわない。

怒りがぬけていくと力もぬけて、わたしはよろっとS席に腰を落とした。

「毎日、ちょうど八時だよね。電話かかってくるの」

瞳《ひとみ》をテレビにむけたままリンが言った。

「きっと相川くん、いつも緊張して、八時になったら電話しようって決めて、やっとかけてるんだよ。よしって気合い入れて」

わたしはテーブルにうつぶしてたぬき寝いりをはじめた。

四日目の電話が鳴ったのは、七時半。

S席でサバの味噌煮《みそに》をつついていたリンに、わたしは勝利の笑顔を見せつけた。

「ほら、べつに八時って決めてるわけじゃないじゃない」

得意げに受話器を持ちあげる。

聞こえてきたのは七瀬さんの声だった。

「わたしね、相川くんの気持ち、ほんのちょっとわかるの」

リンになにを吹きこまれたのか、七瀬さんまでがキオスクの肩を持つ。いったいどうなってるんだろう。

「わたしも屋根にのぼる前、本当はこわかった。でも、どうしてもやりたかったの。思いきってやったら、なにか変わるような気がして。陸上でいうと、ハードルみたいな感じかな」

「ハードル？」

「うん。仲間外れになるの覚悟して陸上部に入ったときね、ひとつハードル越えた気がしたの。屋根にのぼったときも、そう。おおげさだと思う?」

「う、うん」

「うん」と「ううん」の中間ぐらいでぼかしておいた。実際は「うん」の比率のほうが大きい。ただの遊びだから楽しいのに、だれもかれも屋根のぼりをかいかぶりすぎている。

「自分でもいやになるんだけどね」

最後に七瀬さんが低くつぶやいた。

「そうやって越えようとしなきゃなんにもできないの、わたし」

受話器をもとにもどしたとき、わたしは妙にしんみりとした気分になっていた。

そしてジャスト八時。

ふたたび電話がわたしを呼ぶ。

無視すればいいのだと、わかってはいた。簡単なことなのだ。でも、放っておこうとすればするほど、電話のコールがやけに長く感じられて、早くやまないかとやきもきしているうちに、ついつい手が受話器へ吸いよせられてしまう。

「飯島さん。ぼく、決心したよ」

電話に出るなり、キオスクは言った。

「屋根にのぼってみるよ」

もはや抵抗する気力は残っていなかった。


屋根、屋根、屋根。

みんながこの言葉をくりかえす。まるでとっておきの呪文《じゅもん》みたいに。

わたしはただリンと遊んでいただけなのに、七瀬さんが加わって、キオスクまで首をつっこんで、おかしな方向へふくらんでいく。わたしはそれについていけず、逆に置いてきぼりをくらったような気もして、なんだか胸がもやもやとしていた。

キオスクとの電話のあと、お風呂《ふろ》やストレッチで気分転換をはかってみても、どうもうまくいかない。

ちょうどいい気晴らしの相手が現れたのは、そんなときだった。

さおりさんがふらりと遊びにきたのだ。

「あら陽子、ひさしぶり。あんた、なにしけた顔してんのよ」

「べつに」

さおりさんはときどきこんなふうに、なんの予告も用事もなくうちに来る。いい年をして常識のない人だけど、手みやげに芋ようかんをさげていたから、家の敷居をまたがせてあげた。

台所でお茶をいれてからリビングへ行くと、さおりさんは奥のソファーに寝転がり、ずうずうしいほどくつろいでいる。

「さおりさんに出す酒はないよ」

サイドテーブルにお茶と芋ようかんをドンとのせると、

「リンは？」

さおりさんはかったるそうに顔だけをむけた。

「もう寝てる。朝から部活で疲れてるみたい」

「早苗《さなえ》たちは仕事？」

「うん。でも今日はそんなに遅くならないって。もうすぐ帰ってくるんじゃない」

「遅くならないって、もう十時じゃない。日曜日だっていうのにねえ。体も壊さずによくやるわ、あの夫婦も」

「ママは家事が嫌いで、外で働くほうが好きだからね。たまに家にいるとイキが悪くてこっちまでやになるの。パパだって仕事が生きがいみたいだしさ。うちはそれでいいんだよ、だれもグレてないし」

「グレてないけど、妙な子供に育ったもんだ。陽子、あんた反抗期も思春期もやりそこなってない？　いいのかね、そんなんで」

　さおりさんの口調がいつもと微妙にちがう。孫でも見るようにわたしを見る。センチメンタルなまなざし。

「陽子。あんた憶《おぼ》えてないかもしんないけど、小さいころは手におえない甘ったれだったんだよ」

「憶えてない」

「パパとママを仕事にとられるたびにギャーギャーって。わたしが遊びに来ても、帰るときになると追いかけてきてギャーギャー泣いて」

「ぜんぜん憶えてない」

「その点、リンは辛抱強かった」

なつかしんでいるのか、わたしをおちょくっているのか。

「やめようよ。昔話はおばさんの証拠だよ」

「わたしさ、早苗の教育方針には疑問があるんだけど、あんたのためにリンを産んだことだけはよかったと思うよ」

「わたしのため？」

「早苗はもともと、結婚しても仕事に精を出す気でいたからさ。年子ってけっこうしんどいんだけど、陽子ひとりじゃかわいそうだって、すぐにリンを産んだでしょ」

「ふうん」

なるほどね、と思った。

「でも、リンはべつにわたしのために生まれてきたわけじゃないよ」

「うん、それはそうだ」

さおりさんが笑ってうなずいた。それから冷めたお茶を一気にのどへ流しこむと、

「じゃ、帰るわ」

なんの脈絡もなくすっくと立ちあがる。

毎度のことながら、いったいこの人、なにしに来たんだろう？

首をひねりながら見送りにいくと、

「ついでに言っとくけど」

玄関口でさおりさんがふりむいた。

「わたし、もうすぐ転職するから」

「転職？」

「今の会社、じきにつぶれるのよ」

「あ、そう」

軽くうなずいてから、ふと思った。

「それって転職じゃなくて、無職になるって言わない？」

「すぐに見つけりゃいいんでしょ、新しい仕事」

「まあ、ね」

「それで来年はごたごたするだろうから、あんまり陽子たちの顔も見れなくなる。今のうちにリンと遊びにおいで」

背中をむけたままそう言うと、手首の運動みたいに右手をぶらぶらさせながら、「じゃ」とさおりさんは去っていった。

いつもなら扉のむこうから、地球を蹴《け》りとばすようなハイヒールの音が聞こえてくるのに、今夜はどこか遠慮がちな音。

世間が騒いでいる不況っていうのが、どれだけ深刻なものかわたしにはわからない。会社の倒産がどれほどの一大事なのかもわからない。でも、さおりさんが口で言うほど平気じゃないってことだけはわかる。

もっと早く言ってくれたら、パパのウイスキーくらい出してあげたのに。そう思いながら遠ざかっていく足音を聞いた。

大人もいろいろしんどそうだ。

屋根のことで苦労しているうちが花かもしれない。

6

「陽子、陽子っ」

十一月に入ったとたん、朝の冷えこみでベッドとの別れがつらくなった。

一日のうちで一番せつない数分間。

その朝も、わたしが未練たらしく別れの感傷にひたっていると、リンが浮かれた足どりでやってきた。

「チャンスだよ。おやじとおふくろ、今夜は仕事で帰らないって」

ぎくりとした。

「天気予報は？」

今のところ雨音は聞こえないけれど、「とつぜん嵐、のち大雪、ところによっ

て竜巻」みたいなのを期待して聞くと、

「くもりのち晴れ」

なんて平凡な。

「降水確率は？」

「五パーセント」

「湿度は？」

「知らないよ」

「円と株の動きは？」

「陽子、見ぐるしいよ」

リンがため息をはきだした。

「七瀬さんだって二回目の屋根のぼり、楽しみにしてるんだから。今日のところは潔くあきらめな」

あきらめはしても、潔くはなれなかった。

なにしろ、今回はキオスクというお荷物がくっついてくるのだ。いつもなら、屋根にのぼる日は朝からご機嫌のわたしも、キオスクのことを考えると心は重い。

キオスクのほうもそれほど軽やかな心境ではなさそうだった。

「今夜、のぼるから」

朝の教室で伝えたとたん、キオスクは青白い顔をますます青くして動揺をさらけだした。

「どんな服を着ればいいの？」とか、「どんな靴をはけばいいの？」とか、「どんなふうにのぼればいいの？」とか、うるさくてしょうがない。

その上、八時にうちで集合という予定にまでケチをつけはじめた。

「あ、悪いけどぼく、八時は無理」

「なんでよ」

「九時から十一時までは家にいなきゃいけないの。ネット仲間とチャットの時間だから、それだけは外せなくて」

あいかわらず世紀末の大戦について語りあっているらしい。どうして今夜のことに専念できないのか。

「どっちか選びなさいよ。世紀末か、今夜の屋根か、どっちか」

キオスクがうつむいて考えこむ。床と相談しているのかもしれない。

結果、キオスクはなんとも中途はんぱな答えを出した。

「屋根にのぼるのって、真夜中でしょ？　ぼくんちの両親、十時には眠っちゃうから、そしたらぼく、こっそりぬけだして飯島さんちに行くよ。チャット終わってから、ぜったいに行くよ」

「勝手にすれば」

怒ったふりをしながらも、わたしは内心、よし、と思っていた。

キオスクは来ないかもしれない。「ぜったいに行くよ」なんて言いながらも、今からこんなにも腰が引けている。だいたい、家をぬけだすところを両親に見つかるかもしれないし。

そういえば、二兎《にと》追うものは一兎もえず、ということわざもあった。

さすが昔の人はいいことを言う。

わたしは待ち人現れずに、リンは現るに、一週間分のテレビのチャンネル権を賭《か》けた。待ち人というのは言うまでもなくキオスクのこと。

結論からいうと、わたしは負け犬だ。犬にまでなりさがることもないけど、とにかく負けた。

午前〇時半。約束の時間を三十分もすぎて、わたしが勝利を確信していたとき。リンはソファーでうとうとと、わたしはまたしても七瀬さんにまるめこまれて勉強していると、玄関のチャイムが不気味に鳴りひびいたのだ。

「出たっ」

わたしはノートに顔をうずめ、

「来たっ」

リンがソファーから飛びおきる。

三人そろって玄関へ急いだ。

キオスクはまるで魔法使いに石にされてしまった男の子のようだった。両足を踏んばり、両手を握りしめ、全身をかちんこちんにして突っ立っている。指で弾《はじ》いたらいい音がしそうだ。でも、同時に体のどこかがぽろっと崩れおちそうだった。

「遅かったね。みんな心配してたんだよ」

リンが声をかけると、こわばったキオスクの顔の中で口だけがかすかに動いた。

「飯島さんの地図、わかりづらかった」

うらめしそうな声を出す。

「わかりづらく書いたんだもん」

わたしが言うと、

「え、どうして？」

キオスクが素朴な質問をして、

「早く行かないと夜が明けちゃうよ」

話がややこしくなる前に、リンが靴をはきはじめた。

冷たい風がほおをたたく。

はじめて屋根にのぼったのは秋のはじまり。あの夜ふけの町はわたしたちをあたたかくむかえてくれたのに、冬のはじまりともなると町全体がぴりりと辛口だった。

屋根のぼりという遊びは冬にはむいていない、と実感する。今はまだいいけれど、じきにもっと寒くなるだろうし、がくがく震えながら屋根にのぼったって、ちっとも楽しそうじゃない。楽しくなければ遊びじゃない。

その点、この遊びはキオスクにはまったくむいていなかった。

びくびくしすぎて楽しむどころじゃないのだ。

「ねえねえ、こんなことして本当にだいじょうぶなの？」

わたしたちの背中に隠れるようにして夜道を歩きながら、キオスクはひっきりなしに弱気な声をあげつづけた。

「さっきすれちがった人、へんな目で見てたよ。ぼくたちのこと」

「あ、そう」

「まずいんじゃないの？　中学生が夜中に大勢で歩いてるなんて」

大勢ってほどではないものの、たしかに四人ともなると人目につく。足音も大きくなるし、「近所のおばさんちから帰るところです」なんていいわけも通用しない。

そのあたりの対策は立てていた。

「もしもだれかになんか言われたら、学校の課題で天体観察をしてるんです、って言えばいいの。夏にあったでしょ、そういうの」

「でも、もう冬だし」

「だいじょうぶ、冬には冬の大三角形があるから。いい？　大切なのは季節じゃなくて笑顔だよ。なに聞かれてもどうどうと笑って答えること」

「え、笑顔って、こんな感じ？」

「ちがう！」

地顔からして半べそのキオスクは、いざ屋根を選ぶ段になっても邪魔者以外のなにものでもなかった。

「難しそう」

「すべりそう」

「見つかりそう」

ど素人のくせにいちいちケチをつけてくる。

「だったら犬小屋にでものぼってな」

わたしが一喝すると、今度はしゅんとして一言もしゃべらなくなった。七瀬さんがはげましの声をかけても、いじけた顔でだまりこんでいる。

その隙にわたしとリンで屋根を決めた。

もう何度も足を運んでいる川ぞいの道。黒ずんだ川の畔《ほとり》を草藪《くさやぶ》が覆い、その奥にひっそりと何軒かの家がつらなっている。

その川ぞいの一帯は、いつ通ってもまったく人気がなかった。一筋の光も放たない家々の窓。人が住んでいないのか、もしくは早寝の人ばかりが住んでいるのか。

その絶好の場所に、前々から目をつけていた屋根があった。あまりにも簡単すぎてのぼりがいがなさそうだから、これまで手をつけずにいた濃紺の瓦屋根《かわらやね》。

なんといっても、この屋根は、低かった。建築家のミスか、それともあえて超個性的な屋根を設計したのか、ほかの家々の屋根に比べて一・五メートルは確実に低い。そのくせ、むりやり帳尻《ちょうじり》を合わせるように、二階の屋根はふつうの高さにそろえてある。

「へんな家」

七瀬さんがずばり、この家の特徴を言いあてた。

そう、へんな形の家なのだ。胴体が平たく、そのぶん頭の長い雪だるまみたいな。

でもまあ、住んでいる人にしてみればそんなの余計なお世話だろうし、わたしたちにしてみれば屋根は低いほどありがたい。

おまけにその家は、周囲の草藪との境に金網を張りめぐらせていた。金網は屋根の上まで届いている。つまり、この金網を少しのぼれば自動的に屋根までたどりつく、というわけだ。

キオスクもこれでは文句のつけようがなかった。

「これにのぼるから」

わたしが言うと、一瞬ぴくっとしてから、「わわ、わかった」とうなずいて見せた。

のぼる順番は前もって決めていた。リン、七瀬さん、キオスク、わたし、の順。まずはリンが用心深く金網に手をかける。ギシッと鈍い音がした。

「ゆっくり行こう。できるだけ音を立てないようにね」

わたしたちをふりむいてささやくと、リンはスローモーションのテンポでのぼりはじめた。続いて七瀬さんが金網に身をよせた。

慎重に慎重に足を進めると、屋根の高さまでのぼりつめるのに五分ほどかかる。リンと七瀬さんがぶじ屋根に移るのを見届けてから、わたしはキオスクの背中を押した。

「あんたの番」

キオスクが金網にむけ、おそるおそる足を踏みだした。と思ったら、たったの

二、三歩で止まってしまった。

「飯島さん、先に行って」

「なに言ってんのよ」

「いいから、お願い。ぼく、最後のほうが落ちついてのぼれるから」

だれかが後ろからフォローしたほうがいいのに、キオスクは頑としてゆずろうとしない。ここでうだうだしていてもしょうがないので、ぬかして先に行くことにした。

ブルゾンのファスナーがときどき金網に引っかかるほかは、なんの問題もなく屋根の縁までたどりついた。

リンと七瀬さんはすでに屋根の上、ベランダの柵《さく》にもたれてくつろいでいる。思ったとおり、まったくのぼりがいのない屋根なのだった。

ところが、濃紺の瓦に手をかけながらふと見おろすと、ついてきているはずのキオスクがいない。金網の前から一ミリも動かずにいる。

「なにしてんのよ。早くおいで」

どんなに手招いても、キオスクは動きだす気配がない。
わたしはしかたなく引きかえし、途中まで金網をおりていった。
「ほら、おいで。すぐそこまでだから」
左手で金網をにぎりしめ、右手をキオスクにさしだした。
キオスクは動かない。
「どうしたの」
問いつめるようにキオスクの顔をのぞきこみ、どきっとした。
全身でおびえている。
頭を後ろにそらし、かっと両目を広げて、キオスクはどこかを見あげていた。
わたしではなく、もっと遠くの暗いどこかを。あまりにも暗くて泣きだしそうだ。
月も星も屋根も。
わたしたちも。
なにもかもが闇に埋もれてしまったように、キオスクはひとりきりで震えていた。

「だいじょうぶだよ」

わたしは右手をぎりぎりまでキオスクに近づけた。自分でも声の調子が狂っていくのがわかる。

「だいじょうぶ、のぼれるよ。簡単だから。早くおいで」

呼びかけると、キオスクははじめてわたしの声を受けとめたようにハッとした。

ほんの一瞬、キオスクと目が合った。

その目は、逃げたいと言っていた。

知らない町にとりのこされた小さな小さな子供みたいに、早くここからぬけだしたいと、楽なところに帰りたいと言っていた。

わたしのほうから目をそらした。

「キオスク」

体を支えていた左手がしびれだす。限界だ。さしだした右手を金網にもどした。

「いいんだよ、むりしないで。こんなのただの遊びなんだから。のぼりたければのぼればいいいし、のぼりたくなければのぼらなきゃいいの。無理してがんばることじゃないの。なにかを試すとか、乗りこえるとか、そんなんじゃないの」

いつものわたしの声じゃない。

しゃべればしゃべるほど、キオスクがわたしから離れていくような気がした。

実際、キオスクはじりじりと後ずさりをはじめていた。

「だから、いいんだよ。もしあんたがのぼらなくたって、だれも……」

最後まで聞かずに、キオスクは背中をむけた。草薮の底へと沈んでいくように、一歩一歩、暗がりのむこうへ遠ざかっていく。肩のあたりがゆれていた。やがては小走りに駆けだした。

キオスクの姿が消えても、草木のざわめきはなかなかおさまらなかった。

わたしはキオスクを追いかけることも、ふたたび屋根をめざすこともできず、宙ぶらりんに金網へしがみついたまま、その泣き声のようなうなりを聞いていた。

7

翌日、教室にキオスクの姿はなかった。

つぎの日も、そのつぎの日も、またそのつぎの日も、またまたそのつぎの日も。

「相川は風邪で欠席」と、朝のホームルームで担任はくりかえすけれど、風邪にしては長すぎる。仮病かもしれない。

でも、わたしはキオスクに電話をして、それをたしかめようとはしなかった。

それどころか、キオスクの欠席はわたしにとって好都合でもあった。

学校に来なければ、キオスクに会わずにすむ。どんな顔をすればいいかとか、なんて声をかければいいかとか、あれこれ考えなくてすむ。

わたしは早く忘れてしまいたかった。

あのキオスクの顔。おびえたふたつの瞳《ひとみ》。遠ざかっていく暗い暗い影。

ビデオの再生みたいに思いだせる。

そしてあのときのわたし自身――ぜんぜん自分らしくないあの猫なで声も。

まるごと消してしまいたかった。


ゆううつなことが、もうひとつ。

キオスクが学校に来なくなってから十日が経ち、町に気の早いクリスマス・ツリーがちらつきはじめたころ、わが家でもちょっとした事件があった。

リンが食欲をなくしたのだ。

「ごめん。今日はもうお腹いっぱいで」

四十度の熱でもないかぎり、お米の一粒だって残さないリンが、大好物のカレーライスを半分も残した。

これは、事件である。

「どうしたの、リン。なんかあった？」

「ううん、べつに」

「だって、おかしいじゃない。なんか元気ないし」

「よく言うよ。元気ないのは陽子のほうじゃん」

「え」

「最近、またしても煮物づくし」

わたしは豚バラやじゃがいもを浮かせたカレーに目を落とした。たしかに、言われてみるとこれも煮物の仲間だ。

「まさか」

わたしはあせって言った。

「まさか煮物に飽きて食欲なくしたとか」

「まさか」

リンが冷静に言った。

「そんなバカな」

早々と自分の部屋へと引きあげたリンは、深夜にパパとママが得意先からもらったケーキを持って帰っても、「いらない」と部屋に閉じこもったきりだった。

本気で食欲がないみたいだ。

学校でなにかあったのか？

リンのことだから友達とけんかってことはありえないけど、陸上部でうまく成績がのびないとか。反対に成績がのびすぎてみんなにひがまれ、いじめられているとか。成績がのびなくてもいじめられても笑顔でのりこえようとする自分自身に疲れてしまったとか？

明日、七瀬さんに聞いてみよう。

ところが。その明日になってみると、七瀬さんまで様子がおかしくなっていたのだ。

おはよう、と教室で声をかけた瞬間から、「あれ？」という感じがした。おはよう、と七瀬さんも返してくれたけど、わたしを見ようとしなかったし、笑顔もなんだかぎこちない。朝練で疲れてるのかな、とわたしは思った。

一時限後の休み時間も「あれ？」だった。窓辺の七瀬さんにわたしが近づいていったら、たどりつく前に彼女は立ちあがり、教室を出ていった。トイレかな、とわたしは思った。

給食は席の近い子たちと机を合わせて食べる。食べ終わったらバレーボールをしよう、とみっちゃんたちと約束し、わたしは七瀬さんも誘いにいった。そこでもやはり「あれ？」だった。

「七瀬さん、バレーボールしない？」

「ありがとう。でも、ごめんね。今日はちょっと用事があるから」

わたしから顔をそむけるようにして、七瀬さんは早口でそう言った。

中学生が昼休みにどんな用事を持っているというのか……。

避けられている。と、ここではじめてわたしは悟ったのだった。

まちがいない。七瀬さんはわたしから逃げている。

でも、どうして？

思いあたるふしがなかった。

キオスクの一件以来、屋根にはのぼっていないけど、教室でわたしと七瀬さんはしょっちゅう一緒にいた。クラスのみんなに「へんなコンビ」などと言われつつ、わたしたちは急速に距離を縮めたのだ。

『若草物語』の連中はいまだに七瀬さんを仲間外れにしていて、わたしがいないと彼女はひとりきりになってしまう。でも、わたしはそんな理由で七瀬さんのそばにいたわけじゃない。ほかの子といると、ときどき、その場の空気に合わせてはしゃいだり、笑いたくもないのに笑ったりすることがあるけど、七瀬さんだとそれがなかった。七瀬さんといると自然な自分でいられる。無理をしなくてすむ。

その七瀬さんにとつぜん背中をむけられても、わたしにはなにがなんだかさっぱりわからなかった。

理由を知りたくても隙がない。私の気配を察すると、すっと離れてしまう。もしやと思って遠ざかってみても、べつに近づいてはこない。

この日、最後に七瀬さんを見かけたのは、放課後の校庭だった。

七瀬さんは体操着ではなくセーラー服姿で、うつむきがちに校門をくぐっていくところだった。

「七瀬さん」

わたしは大声で呼びかけた。

「部活は?」

七瀬さんはびくんと足を止めた。ほんの一瞬。すぐにまた動きだし、そのまま前のめりに走り去っていった。

小さくなっていく七瀬さんの後ろ姿が、あの夜のキオスクの背中と重なる。

強い西日に目がくらんだ。

世の中の全員がわたしから離れていく気がした。


「リン」

夕食の時間を待って、わたしはリンにたしかめた。

「七瀬さん、今日、陸上部休んだ？」

口の中のものをこくんと飲みこんでから、リンは「うん」とだけうなずいた。

リンはこの夜も食欲不振で、なかなか減らないお皿のトンカツをむりやり口に押しこんでいる感じ。見ているこっちまで胃が重たくなる。

最近はたしかに煮物つづきだったから、意表をついて揚げ物に挑戦してみたものの、こんな胃にもたれるものを作るべきじゃなかった。

最後のひときれを残して、わたしは箸《はし》を置いた。

「七瀬さんね、今日、わたしのこと避けてたみたい」

つぶやくなり、リンが「え」とふりむいた。

「七瀬さん？」

「わたし、なんか悪いことしたかな」

「ちがうよ。陽子のせいじゃないよ」

「なんでわかるの？」

「だって、ぼくのせいだもん」

え？　と聞きかえすよりも早く、リンが席を立った。すたすたとリビングを去っていく。水でも飲みに行ったのかと思っていたわたしも、階段をのぼる足音を耳にして、あわててあとを追いかけた。

「リン。入っていい？」

「いいよ」

リンの部屋はいつ来てもすっきりと片づいている。わたしの部屋と同じ六畳なのにずっと広々として見える。壁には外国の陸上選手の写真がたくさん貼ってあるけど、床にあるのは勉強机とベッドくらい。

リンはそのベッドで大の字になっていた。さわやかなグリーンのベッドカバーの上に、さわやかとはほど遠い顔がある。

「陽子にはだまってたけど……」

わたしが口を開く前に、リンのほうから切りだした。

「七瀬さんのこと陸上部に誘ったの、ぼくなんだ」

わたしはだまってベッドへ足を進めた。リンの足もとのあたりに腰かける。

リンはいつものおっとりとしたテンポでしゃべりだした。

「七瀬さん、夏休みに毎日学校に来ててね、ぼくたちの練習ずっと見てたから。暑いのにさ、校庭の隅にいつも立ってるんだ。ぼく、なんだか気になっちゃって。もしかしたら陸上部に入りたいのかと思って、声かけてみたの。一緒に走らない、って。そしたらつぎの日、七瀬さん、体操服着てきたんだ。けっこうぼく、そのとき、うれしかった」

いつか七瀬さんが言っていた。仲間外れになるのを覚悟して陸上部に入ったとき、ハードルをひとつ越えた気がした、と。真剣な声だったなと、今さらながら思う。

「だけどさ。七瀬さん、せっかく陸上部に入ったのに、ひとりじゃ走らないんだよ」

「どういうこと？」

「七瀬さん、部活がはじまっても、ぼくがいないと、行くまでずっと待ってるの。部室の前でずうっと」

わたしは少し考えてから言った。

「心細い、とか。まだ慣れてないから」

「最初はぼくもそう思った。でも、もう入部して三か月も経つのに、七瀬さん、ずっとそうなんだよ。たまにホームルームが三十分ぐらい遅れるでしょ。ぼく、どうか七瀬さんが走ってますようにって思いながら行くの。でも、やっぱり待ってるんだ。だんだんね、先輩たちも七瀬さんのこと、へんな子とか言うようになってきちゃうし。なんかぼく、こまったなあ、って。どうしようかなあ、って。それできのう……」

「きのう?」

「きのうぼく、練習の途中で足くじいちゃって、みんなより先にあがらせてもらったの。で、七瀬さんにも先に帰るねって声かけた。そしたら七瀬さん、じゃあわたしも帰ろうかな、って」

リンが天井をにらむように見すえた。

「ぼく、かっときちゃったんだよ」

「かっと?」

リンが、かっと?

「それで大声で怒鳴っちゃった。なんでひとりで走らないの、って。みんなひとりで走ってるのに、なんで七瀬さんは走らないの、って」

リンの言葉とは思えなかった。ふだんのリンならもっと遠まわしに、ややこしいぐらい時間をかけて、あのやわらかい声で、決してだれの気分も害さないようにに——そんな言いかたをするはずなのに。

「驚いたでしょ」

「うん」

「ぼくも驚いた。七瀬さんも驚いてた。七瀬さん、泣きながら帰っちゃったんだ」

リンが寝がえりをうち、ベッドカバーに顔をうずめた。

「けっこう、ショック」

食欲不振の謎が解けた。

解けたものの、わたしにはどうすればいいのかさっぱりわからなかった。

リンのショックはわかる。だれかにむかって声を荒らげて、しかもその相手を泣かせてしまった。これはリンにとって人生初の経験なのだ。

七瀬さんだってショックだったと思う。まさかリンにそんなことを言われるなんて夢にも思わなかっただろうから。

でも、肝心なところがわからない。

部室の前でじっとリンを待っていた七瀬さんの気持ち。

自分のハードルを越えるように、七瀬さんは必死の思いで陸上部に入った。夏休み、校庭の隅から陸上部の練習を見つめていたのは、長い長い助走の時間だったのかもしれない。それなのに、どうしてひとりでは走ろうとしないのか。

「ね、リン。七瀬さん、なんで陸上部に入ったのかな」

「さあ。なにかやりたかったんじゃないのかな。来年は受験だし、なにかやるなら今しかないって、そんなようなこと言ってたから」

「でも、どうして陸上部だったのかな。ほかにも部活はいっぱいあるでしょ。陸上部なんて地味だし、見ててもそんなに楽しそうじゃないし、どっちかっていうとものすごく苦しそうなのに」

「ぼくは楽しいよ、走るの。でも、七瀬さんのことまではわかんない。七瀬さんがどうして陸上を選んだのかなんて」

もしもその理由がリンだったら。

リンがいるから陸上部を選んだのだとしたら、わたしはちょっとがっかりだ。うちに夕食を食べにきたのも、一緒に屋根にのぼったのも、みんな同じ理由に思えてしまうから。

「けっこう、ショック」

わたしはリンを真似てつぶやいた。

「なんだよ、陽子まで」

「だってわたし、七瀬さん、走るの好きなんだと思ってたもん。だから陸上部に入ったんだって。だから仲間外れになってもがんばってるんだって。でも、なんだかわかんなくなっちゃった」

「そんなの本人に聞かなきゃわかんないよ」

「そうだけど」

「陽子、聞いてみたら？」

「え」

「ぼく、陽子にだったら七瀬さん、打ちあけてくれる気がする。なんで陸上部に入ったのかとか。どうして今日、部活に出なかったのかとか。ついでにぼくのこと、怒ってるかどうかも……」

リンが甘えた上目づかいでわたしの表情をうかがう。

「なに言ってんのよ。もともとあんたと七瀬さんのことじゃない。自分で聞きな

だよ」

「だからきのう、聞こうとしたじゃん。それで七瀬さんのこと傷つけちゃったん
さいよ」

「今度はもっと上手に聞いてみるの」

「だって七瀬さん、もう口きいてくれないかもしれないし」

「男のくせにめめしいなあ」

「陽子は姉のくせに冷たいなあ」

「リン。ライオンの親はね……」

「子供を崖《がけ》から突き落とすって話だったら、また今度にして」

毎晩の食事当番も押しつけあったことのないわたしたちが、このときばかりはやけに頑《かたく》なで、とうとうどちらも「自分が七瀬さんに聞く」とは言わなかった。

結局、わたしたちはこわかったのだ。

七瀬さんの答えがこわかった。

七瀬さんにがっかりしたくなかった。

それからの日々は、ひたすらに、暗かった。

二十四色の絵の具のうち、黒だけをすりへらしていくような毎日。

と言いつつ、わたしはあいかわらずみっちゃんたちとバレーボールに燃えたり、休日はほかの友達の家に遊びにいったり、退屈な夜には新しい料理の研究をしたりと、それなりに工夫して楽しんでいたのだけど。

暗いのはまわりの連中だった。

リンの食欲はもとにもどったものの、いつもの元気はもどらなかった。

リンは滅多に落ちこまない子だけど、そのぶん落ちこむと長びく。時間が経つにつれて、「七瀬さんはきっと怒っている」から「七瀬さんは確実に怒っている」に。「七瀬さんに嫌われたかもしれない」が「七瀬さんに絶交されてしまった」に。しまいには「十年後には七瀬さんとも笑って話せるかな」なんて薄気味悪くほほえむ始末だ。

七瀬さんのほうは……というと、あれ以来、陸上部に一度も顔を出していないらしい。教室でもわたしを避けつづける。

へんな話だと思った。

いくら姉弟《きょうだい》でもわたしとリンは別人なのに、どうしてわたしまで避けるのか。リンとけんかしたら、わたしとも赤の他人になるのか。だったら今まで仲良くしていたのはなんだったのか。

リンに話を聞いてからというもの、わたしはひそかに待っていたのだ。七瀬さんがわたしに相談してくれるのでは、と期待していた。

相談どころか、よりつこうともしない。

七瀬さんはわたしと仲よくなる前の七瀬さんにもどって、教室でもひとり、廊下でもひとり、帰り道もひとり。

不可解を通りこし、わたしは不愉快にまでなっていた。

そして、キオスク。

一番、悲惨なのはキオスクだった。

キオスクの欠席はすでに三週間近くも続き、わたしの不登校二週間の記録を更新していた。

それなのに、クラスのだれひとりキオスクのことなんて心配していない。心配どころか、話題にものぼらない。

キオスクを便利に使っていた男子たちにしても、べつにこまっている様子はなかった。給食当番もトイレ掃除も、だれかが代わってくれればラッキーだけど、自分でやるのがいやでたまらないわけじゃないのだ。駅のキオスクが閉まっていたら、ちょっと面倒だけど近くのコンビニまで足を延ばせばいい。それだけのことだった。

唯一さみしそうに見えたのは、ご主人をなくした机と椅子だけ。

そのぽっかりとした空間に目をむけるたび、わたしはキオスクの口癖を思いだした。

「今のぼくはね、仮の姿なんだ。本当のぼくはもっとちがうところにいるんだよ」

そうなのかもしれない、とさえ思った。

仮の姿でもなければ納得がいかない。

だってキオスクはあまりにも自然に教室から消えたのだ。ついこのあいだまでここにキオスクがいた、と考えるほうが不自然なくらいに。

完全に忘れられていた。

そして、わたしも。

早く忘れてしまいたいと願っていたあの夜のことを、キオスクの瞳《ひとみ》を、後ろ姿を、本当に早く忘れてしまった。キオスクのこと自体を忘れかけていた。

あの日。

クラスの全員がいっせいにキオスクのことを思いだした、あの日が来るまでは。

8

「キオスクが自殺したっ」

おはよう、と教室に足を踏みいれたとたん、数人の女子がどっとわたしに飛びついてきて、言った。

教室はリオのカーニバルなみの騒々しさで、ストーブの熱がむんむんと立ちこめて、わたしはわけがわからなくなって、足もとがぐらぐらして、頭もくらくらになって、吐き気までこみあげてきたときになってようやく、

「でも失敗したっ」

だれかが続きをさけんだ。

力がぬけすぎて、倒れそうだった。

実際、よろっと後ろに体をのめらせたわたしに、

「本当だよ」

女子たちが口々に声をはりあげる。

「キオスク、自殺に失敗して怪我したんだって」

「きのうの夜、病院に運びこまれたんだって」

「だいじょうぶ、ちゃんと生きてるよ」

「もう学校じゅう大騒ぎだよ。今、緊急の職員会議やってんの」

「ちょっと待って」

わたしはみんなを止めた。頭が混乱して、どんな言葉も耳鳴りみたいにごわごわと聞こえてくる。ただでさえ教室中がひどいやかましさなのだ。みんなが興奮の顔でキオスクの名前を連発している。

キオスクが自殺。

キオスクが自殺。

キオスクが自殺。

あの臆病《おくびょう》なキオスクが、自殺？

信じられない。

鞄《かばん》を胸の前で抱きしめ、かたく両目をつぶっていると、急にあたりがしんとした。

「飯島、ちょっと」

はりつめた声。目を開くと、入り口の扉から担任が顔をのぞかせていた。

「来てくれ。聞きたいことがある」

十二月八日。恐ろしく長い一日がこうしてはじまった。

聞きたいことというのは、当然、キオスクについてだった。

担任に連れられて会議室へ入ると、細長いテーブルの奥で学年主任の教師が待ちかまえていた。担任は学年主任の横に、わたしはふたりのむかい側に腰かけた。

質問というよりは、尋問だった。

最近、キオスクから連絡はなかったか。なやみを相談されたことはないか。キオスクの不登校について心あたりはないか。ふたりの教師はわたしを「相川和男《かずお》と唯一親しくしていたお友達」と思いこんでいるらしく、根ほり葉ほり探りを入れてくる。

とんだ誤解だった。たしかにうちのクラスでキオスクと話をしていたのはわたしぐらいだけど、それはキオスクがしつこくくっついてくるからで、わたしはしぶしぶ相手をしていただけ。友達なんていえない。わたしはきのうまでキオスクの存在さえ忘れかけていたのだから。

でも、そうしたことをこつこつと説明できるほど、わたしはまともな状態じゃなかった。

耳鳴りがやまない。

「こまるな。これはね、うちの学校はじまって以来の大問題なんだよ」

だんまりを決めこんだわたしに、学年主任の声がいらだってきた。

「三週間もの不登校のあとでの今回の一件だ。原因は学校にあると思われて当然だろう。なんにも知らないじゃ、こまるんだよ」

だったらどうして今まで放っておいたのか。キオスクがうちのクラスから孤立していることぐらい、教師たちだって知っていたはずなのに。

わたしにも言いぶんはあったけど、反抗するだけの元気もなく、担任にむかってたったひと声をしぼりだすのが精一杯だった。

「キオスク、自殺なんて、本当ですか?」

「ご両親は事故ってことで内密にすませようとしている。相川の将来を考えるとな、われわれだって警察沙汰《ざた》にはしたくないんだよ。が、どこからもれたのかこのうわさの広まりようだ。正直、参っている」

「うわさが本当だから？」

「本当のところはだれにもわからん」

「どうして？」

「相川がだまりこんで話さない」

「キオスク、病院に運ばれたって……」

急に不安がよせてきた。

「怪我したって、ひどいんですか？」

「いや、幸いたいしたことはなかったんだ。右腕の単純骨折だけですんだ。もう自宅にもどっているよ」

「骨折？」

「二階の窓から飛びおりたんだよ」

学年主任が口をはさんだ。

「真夜中に、自分の部屋の窓からね。まったく思いきったことをしてくれたもんだよ。骨折だけですんだのが奇跡みたいなもんだ」

真夜中に、自分の部屋の窓から——。

なにかが胸に引っかかった。

耳鳴りがやんだ。


それ以降の会話はほとんど憶《おぼ》えていない。自分の考えにふけっていたわたしが生返事ばかりしていたら、ついには学年主任のほうが音をあげた。

「時間の無駄だな。きみ、もうもどっていいよ」

そのまま帰らせてくれればよかったのに、学年主任はよけいな一言を言いそえた。

「ふてぶてしい子だね。友達が死にかけたっていうのに」

かちんときた。勝手に呼びつけて質問ぜめにして、わたしをキオスクの友達と思いこんでいるわりに無神経なことばかり言っていたくせに。

「あんたこそ」

ふりかえりざま、わたしは学年主任をにらみつけて言った。

「生徒が自殺したのに世間体ばっかり気にして、よくいるタイプのいやなやつ」

後ろ手に扉をたたきつける。

猛烈にむかむかしてきた。

あとから思うと、まったく最悪のタイミングだったと思う。

会議室を出たとたん、目の前に七瀬さんが立っていたのだ。廊下の壁にもたれてわたしを待っていた。

「陽子ちゃん、あの……」

呼びとめる声を無視して、七瀬さんの前を通りすぎた。しつこいようだけど猛烈にむかついていた。

「陽子ちゃん？」

七瀬さんは追ってきた。

どうせキオスクのことだろう、とわたしは思った。みんなでよってたかってキオスクのことを聞きだそうとする。わたしを避けていた七瀬さんまでが。

「あの、相川くん、本当に……」

「キオスクに聞いてよ」

わたしは七瀬さんの声をさえぎって言った。

「どうしてわたしに聞くの？　わたし、キオスクの友達なんかじゃない。悪口ばっかり言ってたの、七瀬さんだって知ってるでしょ」

七瀬さんがぴくっと身を引いた。

「それに七瀬さん、今までわたしのこと無視してたんじゃなかった？　リンとけんかしたとたん、わたしのことまで避けて、陸上部にも出なくなって……」

言いながら早くも後悔がはじまっていたけど、口が止まらない。おさえきれない。

「リンがいなきゃ走らないし、わたしとも遊ばないの？　暗いよ、七瀬さん。そういうの暗いよ」

七瀬さんの顔がみるみる赤くなる。なにか言いたげに口を開いても、ただくちびるが小さく震えただけだった。

「もう、いい」

また背中をむけられる前に、わたしから背中をむけた。

階段を駆けのぼり、教室へとひた走る。

一時間目が自習になったのをいいことに、教室ではあいかわらずのバカ騒ぎが続いていた。「わたしは救急車のサイレンを聞いた」と、先頭をきって大声をはりあげる学級委員長。自殺の動機について議論する男子たち。女子の大半はキオスクに同情的で、「みんなでお見舞いに行きましょう」なんて声も聞こえてくる。だれもかれもが親友みたいな顔でキオスクについて語っている。三週間前まではキオスクに「おはよう」も言わなかった二年C組のみなさん。

戸口からそんな様子をながめているうちに、わたしは教室に入る気をなくしていった。

あいかわらずむかむかは続いていたけど、いったいだれに対してだかわからなくなってきた。

むきになって走ったせいで、ウエストのあたりがじっとりと汗ばんでいる。まだスクールコートを着こんだまま、手袋さえ外していなかったのだ。丁寧に鞄《かばん》まで抱えている。

せっかくだからこのまま帰ってしまうことにした。


数十分後。

わたしは公園のベンチでがくがくと震えていた。

行かなきゃいけないところがあるのにどうしても足が進まず、かといって家に帰る気にもならず、ぶらぶら歩いているうちにここへ来ていたのだ。

学校をサボっていたころ、ちょくちょく日光浴に来ていた馴染《なじ》みの公園。

木陰にひっそりとあるベンチがわたしのお気にいりだった。ここに座って空をあおぐと、大木の枝が目の前に広がって、透けて見える木もれ日がきらきらとまぶしかった。

でも今日は灰色のくもり空で、枝には一枚の葉っぱも残っていない。木もれ日どころか北風の王様みたいなやつがえらそうに吹きすさんでいる。

わたしはいったいなにをしているんだろう？

モヘアの手袋を両頰に押しあてて思った。

キオスクの家に行かなきゃいけない。

行って、たしかめたいことがある。

なのに体が動かなかった。

こわかった。

今さらキオスクに会うのがこわかった。

わたしは甘くみていたのだ。

自分にとって二週間の不登校なんてたいしたことじゃなかったから、キオスクにとってもたいしたことじゃないと決めつけていた。

不登校の原因についても考えないようにしていた。

わずらわしいことになるのがいやだった。

自分には関係ないと思いたかった。

逃げていた。

七瀬さんがわたしを避けていたように、わたしもキオスクから逃げていた。

——暗いのは、わたしだ。

ふいに砂場から子供の泣き声がして、わたしはぼんやり目をやった。五歳ぐらいの男の子が顔をぐしゃぐしゃにして泣いている。転んでしまったらしく、まだ若いお母さんがひざについた砂をはらっていた。

「泣かないの。強い子でしょ」

ながめているうちに胸のあたりが苦しくなってきた。

何年かぶりに、わたしも泣いた。

もらい泣きだ、と自分に言いきかせた。

「公園に八時間」

さおりさんはしみじみとつぶやいた。

「あんた、ばっかじゃないの?」

異議はなかった。

「わたしもそう思う」

「なんでまたそんなことを」

「立ちあがるのが億劫《おっくう》だったの。じっとしてたい気分だったのよ。あるでしょ、そういうこと」

冷たくなったコートをハンガーにかけて、バスルームへと直行した。

「お風呂《ふろ》、貸してね」

バスタブからはちゃんと湯気がのぼっていた。あたたかいお風呂。夢のようだった。爪先《つまさき》からゆっくりと全身をひたすと、溶けていく氷のように自分が小さくなっていく感じがした。

麻痺《まひ》していた体のすみずみが復活する。

頭のほうも少しずつ正気にもどっていくようだ。

公園に八時間。たしかにふつうじゃなかったと思う。

「さっき家に電話いれといたわよ。心配してると悪いから」

さおりさんのパジャマに着替えてバスルームを出ると、台所からさおりさんの声。

「どうせリンしかいなかったでしょ」

いい匂いに引かれ、わたしは台所へと足を忍ばせた。

さおりさんは特大の中華鍋《なべ》で焼きうどんを炒《いた》めていた。通常のフライパンではおさまりそうにない大量のうどんがぶちこまれている。

「なにそれ。お客さんでも来るの？」

「リンよ。陽子がこっちに来てるって言ったら、自分もすぐに来るって。あいかわらずうるわしい姉弟愛《きょうだいあい》だね」

「リン、友達でも連れてくるの？」

「なんでよ」

「だって、そのうどん。五人前はあるんじゃない」

「だいじょうぶ。リンなら三人前ぐらいぺろっといっちゃうわよ」

さおりさんのはりきりぶりを前に、わたしは「うーん」と両腕を組んだ。

食欲がもどったとはいえ、最近のリンは以前に比べるとだいぶ小食になっている。三人前どころか二人前にも無理がありそうだった。

しかし、すでにうどんはぶちこまれている。

もうこうなったらなにもかもどうにでもなれ、だった。

「で？」

九時すぎ、リンの到着を待って夕食の席につくなり、さおりさんは早速、探りをいれてきた。

「いったいなにがあったのよ」

「なにがって？」

「陽子が電話もしないで突然来るなんて、はじめてじゃない。だいたいね、公園に八時間もいたってことは、あんた、学校サボってるでしょ」

「早退。サボったなんて縁起でもない」

「で、なにがあったの？」

「もしかして」

横からリンがつぶやいた。

「相川くんのこと？」

「え、なんで知ってるの？」

「知らないやつなんていないよ、学校中、すごいうわさだもん。相川くんが……」

「リン」

言っちゃだめ、とわたしは目で止めた。

リンが素直にうなずき、さおりさんが仏頂面をする。

「なに姉弟でこそこそやってんのよ。感じ悪い」

「なんでもない。ちょっと友達とね、いろいろあって」

「いろいろって、なによ。けんかでもしたの？」

「けんかっていうか、けんかじゃないっていうか」

「どっちよ」

「そんなに単純じゃないの」

「ふうん」

「複雑なのよ、学校の人間関係。けっこう疲れるんだから」

「それで学校を飛びだしてきたってわけ？　陽子もかわいいとこあるじゃない」

さおりさんは勝手に納得し、ふむふむうなずきながら「あら？」とリンの皿を見おろした。

「リン、あんた進んでないじゃない」

「だってさおりさん、これ、すもう部屋サイズだよ」

「いつもそれくらい食べるでしょ」

「最近ぼく、胃が小さくなったの」

「え、なによそれ。がつがつ食べないリンなんてリンじゃないわよ。なんかあったの？　なやみごと？」

「いやべつに、なやみっていうか、なやみじゃないっていうか」

「どっちよ」

「そんなに単純じゃないんだって」

「あんたまで？」

さおりさんがあきれ顔で箸《はし》を投げだした。

「まったくどうなってるんだか。姉弟そろってしんきくさい顔して」

ついでに湯飲みも押しやり、いそいそとサイドボードへ歩みよる。ワインのボトルをわが子のように抱きしめてもどってきた。

さおりさんがお酒を飲みはじめてから、舌がフル回転しだすまでには三十分ほどかかる。説教がはじまる前に逃げだしたいのはやまやまだけど、このままおとなしく帰してもらえるわけもなく、わたしとリンは嵐の前の静けさの中でうどんをつつきつづけた。

「でもまあ、考えてみればちょっとうらやましい感じもするわ」

やがて、ついにはじまった。

「友達のことでなやんだりするのって、学生の特権みたいなとこあるもんね」

「特権？」

「社会に出るとさ、なやみごとっていうのも仕事のこととか、お金のこととか、まあ恋愛問題とか、結婚したらしたで子供だとか親戚《しんせき》だとか……。あとは自分自身かな。ほとんど自分のことでなやんでるのかな。純粋に友達のことでなやむなんてこと、滅多になくなっていくもんだから」

そう言うさおりさんにも、なにかなやみがあるのかもしれない。さおりさんの舌にいつもの迫力がなかった。ぽつぽつ口にする言葉も、説教というよりはひとりごとに近い。

わたしはふと気になって聞いた。

「さおりさん、転職先、決まった？」

「まだ。でも関連会社からいくつか声がかかってんの。だいじょうぶよ、転職だってはじめてじゃないし。会社くらい変わっても心意気次第でどうにでもなる」

さらっと笑いとばしてから、さおりさんは「でもね」と真顔になった。

「でも学校はちがうよ。ほかの学校ととりかえようったって、そうはいかないから」

「わかってる。そこが問題なのよ」

「あら、そこがいいところじゃないの」

「いいところ？」

「陽子もリンも年をとればわかるよ。あとからふりかえるとさ、職場なんて選ぼうと思えばいくつもあったけど、中学校はたったひとつだ。だから貴重だったたって」

「わたし、ふりかえらないもん」

「そう思っててても限界がくるのよ。ま、今のあんたたちに言ってもわかんないだろうけど」

ワインをどぼどぼとグラスにつぎたすさおりさんに、リンが言った。

「さおりさんは昔のこと、よくふりかえるの？」

「そりゃそうよ。あんたたちを見てるといやでも思いだすって」

「ぼく、中学生のさおりさんって想像つかない」

「べつに、ふつうの中学生だったわよ。勉強が嫌いで、掃除が嫌いで、体育のマラソンが嫌いで、給食や放課後が楽しみで、待ちどおしくて」

「本当にふつうだ」

わたしとリンは顔を見あわせて笑った。

「月曜日の集会が嫌いで」

　リンが続けて言う。

「校長先生のお話が嫌いで」

　わたしも加わった。

「授業参観が嫌いで」

「体育祭は好きで」

「文化祭も好きで」

「でも後片づけは嫌いで」

　ふたりでクスクスやっていると、さおりさんがつぶやいた。

「保健室が大好きだったわ」

「保健室？」

「ときどき授業をサボって保健室で眠ってたの。保健の先生、わりと話のわかる人でさ。一時間だけお願いって頼みこんで、目をつぶってもらって。ふしぎとぐっすり眠れるもんなのよ。保健室のベッドって」

言いながらさおりさんは本当に眠たくなってきたようだ。グラスをにぎる手がだらんと力をなくして、体が横にずりさがっていく。

「さおりさん、ベッドで寝たら？」

わたしが声をかけても、

「目覚めてからがよかったのよ」

さおりさんは夢うつつの顔でしゃべりつづける。口もとはまだほほえんでいるのに、どこかせつなそうな瞳《ひとみ》。

「保健室のベッドで熟睡すると、たった一時間なのにそんな気がしないの。半日ぐらいひとりで眠りつづけちゃった気がして。目を開くと真っ白いカーテンにかこまれてて。へんにさみしくなったりしてね。自分だけどっかに置いてかれちゃったような。でも、すぐに授業終了のチャイムが鳴って、廊下から笑い声が聞こえてくるの。明るい笑い声と、足音がどたどた、こっちにむかってきて。そのうちに保健室の扉が開いて……」

耳をすますように、さおりさんが瞳を閉じた。

「おはよう、さおりって、カーテンのむこうから友達が迎えにくるの」

わたしとリンに笑いかけるなり、さおりさんはがくんとテーブルにうつぶした。

「友達がね、迎えにくるのよ」


なだめたりすかしたりしながらさおりさんを寝室に押しこんだあと、わたしとリンは協議の末、今夜はここに泊まっていくことに決めた。ゆきがかり上、明日の朝はなんとしてもさおりさんに「おはよう」と言わねばならないような、妙な使命感にかられてしまったのだ。

リビングのエアコンをつけっぱなしにして、わたしはソファーに、リンは床に敷いた毛布に横たわる。

眠れない夜だった。

わたしは思いだしていた。不登校をしていたあの二週間、わたしにはなんのなやみもなかったけれど、それでも友達が心配して訪ねてきてくれるとうれしかった。用もなくかかってくる電話がうれしかった。みんなで手分けして写してくれた授業のノートがうれしかった。担任がいきなり迎えにきたときでさえ、心のどこかでちょっとだけ、うれしかったかもしれない。

「陽子、起きてる？」

リンの声がした。

「うん」

「ぼく、決めた」

「なにを？」

「明日、七瀬さんに話しかけてみるよ」

「そう」

リンはどんなことを思いだしていたんだろう？

「わたしも」

「え？」

「わたしも明日、キオスクんちに行ってみる」

口に出して言うと、重たいものがすとんと落ちて、ようやく眠れそうだった。

「おやすみ」
「おやすみ」
夢の中へ連れさられるまでの数分間、さおりさんの声がオルゴールみたいに何度も頭をかすめた。
授業終了のチャイムが鳴って、
笑い声と足音がどたどた、
そして友達が迎えにくる――。

9

翌朝。ベッドの上でうすらぼやけた顔をしているさおりさんに、おはよう、とさわやかに笑いかける。

つもりだったのに、反対にたたき起こされてしまった。

「あんたたち、さっさと起きて学校に行きなさいっ。まったく人んちでいつまで寝てんのよ。ああ、邪魔くさい。朝ごはん？　そのへんのパンでも齧《かじ》ってな。わたしだって朝は忙しいんだから」

あんまりな仕打ちである。

「ぼく、もう二度とここには泊まらないって、誓いなおしたよ」

「わたしも、もう二度と酔っぱらいのたわごとは真に受けない」

ふたりして追いだされるようにマンションの部屋を出た。

冬にしては上出来のいい天気だった。雲のかけらもない青空に太陽がきらめいて、きのうと同じ日本とは思えない。

ぎゅうぎゅうづめの電車にゆられて駅に到着。そこから学校までの徒歩十五分の道すがら、リンは寝不足ぎみの目をしょぼしょぼさせながら、ゆうべ寝る前に考えたことを教えてくれた。

わたしが不登校のことを思いだしていたとき、リンは七瀬さんの準備体操を思いだしていたという。

「ぼく、七瀬さんの準備体操、好きなんだ。だってすごく一生懸命なんだもん。ゆっくりとね、筋肉のひとつひとつをのばしていくの。本当にゆっくり、時間かけてやるんだよ。放っとくと準備体操だけで日が暮れちゃいそうなくらい。ほかのみんなが手をぬくようなところでも、七瀬さん、ぜったい手をぬかないんだ」

そうして思いかえしているうちに、やっぱり七瀬さんは走るのが好きなんだ、とリンなりの結論が出たらしい。

わたしもその話を聞いてそう思った。七瀬さんはリン目当てで陸上部に入るような子じゃない。本当はわかっていたはずなのに。

「わたしきのう、七瀬さんにひどいこと言っちゃった。あやまらなきゃ」

「ぼくもなんとか仲なおりしてみる」

「またみんなで屋根にのぼりたいもんね」

「うん」

「仲なおりしたら、わたし、七瀬さんの準備体操、見にいきたいな」

その姿を想像してにんまりしたわたしは、そのあとすぐに準備体操よりもずっといいものを見せてもらうことになった。

学校の校門から昇降口へと、グラウンド脇の小道を通りぬけていたときだ。

出られなかった陸上部の朝練をちらちらと気にしていたリンが、「あ」と口を開けて立ちどまった。

リンの視線を追ったわたしも「あ」と口を開けた。

グラウンドに立ちのぼる砂ぼこりのむこうに、あのきゃしゃな体が見え隠れしている。

七瀬さんが走っていた。

ひとりで。


なにから話せばいいのかわからないし、どう話せばいいのかもわからない。きっとうまく話せない。

「だから、手紙を書いたの」

と七瀬さんから手渡された封筒を握りしめ、わたしは屋上へと階段を駆けのぼった。

その日の昼休み、二年C組の教室はきのうに引きつづきのやかましさで、じっくり手紙を読める環境ではなかったのだ。悪ノリした男子がキオスクの机に花瓶の花を飾り、担任になぐられて前歯を折る、という想像の直後だった。

予想どおり、十二月の屋上にはだれの影もなく、ひとりになるには絶好の場所だった。

校舎の壁に背中を押しあて、かじかんだ手で封を切る。

手紙の文字は薄いシャーペンで書かれていた。

消しゴムでこすった跡があちこちにあった。

寝不足はわたしとリンだけじゃないかもしれない。

陽子ちゃんへ。

まずはじめに、いままでいやな思いをさせてごめんなさい。きっとわけがわからなかったと思います。

ちゃんと説明しようとしても、私、しゃべるのが下手だから自信がありませんでした。

最初のところから話します。

私、いまのクラスになってから、ずっと自分がきらいでした。若草物語のベスとかいわれて、そういうイメージみたいだったけど、本当はグループのなかでいじめたりいじめられたりで陰険でした。どんどんいやな性格になりそうでした。なんとかしなきゃっていつも思いました。

陸上部に入ったのは、グループからぬけるきっかけがほしかったからです。それに私は小学生のときから足だけは速かったんです。そんなふうには見えないと思います。でも本当です。だからそれまでも陸上部の人たちがうらやましかった。走るのは気もちいいってこと、私も知っていたからです。

陸上部に入ろうと決めて、夏休みにこっそり見学にいきました。でもやっぱり勇気がでなかった。リンくんが誘ってくれなかったら入れなかったと思います。

陸上部に入ってからも、リンくんがいないと走れませんでした。こわかったの。毎日、グラウンドにでていくのがとてもこわかった。みんなが私を見てるような気がしました。似あわないことをしてるって、笑われてる気がしました。考えすぎってわかってても考えちゃって、ひとりで走ろうとすると足がぎくしゃくしました。

私、陸上部に入ってなにか乗りこえた気分だったけど、ぜんぜんそうじゃなかったの。陸上部に入れたのもリンくんのおかげで、走れたのもリンくんのおかげで、ひとりじゃなにもできなかった。どうしてひとりで走らないのってリンくんに聞かれて、なにもいえなかった。

屋根のぼりも同じです。

ずっと陽子ちゃんにあこがれてたの。グループなんて関係なくのびのびしてる陽子ちゃんがうらやましかった。私は、陽子ちゃんみたいになりたかった。

陽子ちゃんたちと屋根にのぼって、私もちょっとだけ陽子ちゃんみたいになった気分でした。またなにか乗りこえた気分でした。でも、気のせいです。だって屋根にのぼれたのも陽子ちゃんやリンくんがいたからで、私はやっぱりひとりじゃなにもできなかった。

そう思ったら、どんどん情けなくなって、どんどん自分がいやになりました。

それで、しばらくひとりでいようと思ったの。

正直いってリンくんとけんかみたいになってしまって、陸上部にもあれからでていないし、陽子ちゃんと顔をあわすのが気まずい気もちもありました。

でもそれだけじゃなくて、ひとりでなんとかしなきゃって思ったの。

いまは、ちょっとむりしすぎてたと思うし、陽子ちゃんに暗いっていわれて、私もそう思った。

ひとりでじっとしててもしょうがないんだよね。私は本当にじっとしてるだけでなにもしてなかった。

私はいつもいろいろなことを考えすぎてしまうくせに、かんじんなところがぬけてるみたい。

でもね、きのう私、うれしかった。陽子ちゃんにいわれたこと、ぐさっときたけど、うれしかったの。

私、陽子ちゃんにはほかにもたくさん友達いるから、私のことなんてそんなに気にしてないと思ってたの。でも、ちがったんだって、心がふわっとなりました。

ありがとう。

私、まだわからないけど、明日はひとりで走れそうな気がします。

走ってみようって、いまのところ、思ってます。

陽子ちゃん。

きのう、とつぜん早退しちゃったけど、相川くんのこと気にしてる？

女の子たちが相川くんのおみまいにいこうっていっていたけど、おみまいにいっても、相川くんがよろこぶのは、陽子ちゃんだけだと思います。

陽子ちゃんは悪口ばっかりいってたっていうけど、でも相川くんのことをムシしないのは、陽子ちゃんだけだったから。

よけいなおせわだったらごめんね。

七瀬綾子《あやこ》

続けて三回読みかえしてから、わたしはその手紙をスカートのポケットに入れた。カイロよりもぽかぽかした感触だった。

それから教室にもどって、七瀬さんと仲なおりの握手。

七瀬さんは自分のことをいやだいやだと書いていたけど、七瀬さんにしかないいいところもあるんだよ。そう言って準備体操の話をしたかったけど、今はやめておいた。いつかリンが話すかもしれない。

ほかにも話したいことはたくさんあるのに、わたしも七瀬さんもなんだか照れてしまって、ただへらへらと笑いあっていただけだった。

「わたし、帰りにキオスクんちによってみるから」

とりあえずそれだけは伝えると、

「一緒に行こうか?」

七瀬さんは心配そうに言ってくれた。

「ありがと。でも、今日はキオスクとサシで話がしたいの」

それに、せっかく七瀬さんが陸上部に復帰するチャンスをつぶせない。

「陸上部、がんばってね。リンによろしく」

「陽子ちゃんもがんばってね。相川くんによろしく」

お互いの健闘を祈りあい、二回目の握手をした。

キオスクの家は前にも一度、見たことがある。となりの家の屋根からだった。でも真夜中であたりは暗かったし、おおまかな方向は見当がついても、こまかい道順までは憶《おぼ》えていない。

このあたりだな、と思う近辺で、井戸端会議ちゅうのおばさんたちに声をかけた。

「あら、あの相川さんち？」

身ぶり手ぶりで説明しながらも、おばさんたちは興味ありげにわたしをじろじろ観察している。礼を言って離れたとたん、「あそこんちの息子さん……」なんて声が聞こえてきた。

うわさが広まっているのは学校だけじゃないらしい。

こういうおばさんたちの井戸端会議によって、あることないこと尾ひれがついていくのだろう。明日になったら、「相川さんちの息子さんの彼女がマスクメロンをもって看病にかけつけた」なんて話ができあがっているかもしれない。

どうでもいいことを考えているうちに、目的の場所に行きついた。

なだらかな坂のつきあたりに三軒の家が肩を並べている。

わたしたちがのぼったのは真ん中の屋根。キオスクの家はその右となりだった。

なんの特徴もない平凡な二階建てで、黒でかりした門があり、庭があり、玄関先には自転車が一台停まっている。視線を上にむけると、渋みがかったれんが色の瓦屋根《かわらやね》。

門前で大きく深呼吸をしながら、わたしはその家構えをしっかり記憶した。

よし、と覚悟してインターホンへ手をのばす。

「あ、あら」

キオスクのお母さんはへんてこりんな態度でわたしを迎えてくれた。

「和男のクラスメイト、ですか？」

「はい」

「あら、和男のクラスメイト……」

「はい」

「まあ、和男の……」

「はあ……」

　はじめは宇宙人でも見るように目を見開き、続いて片手をあごに当ててふかぶかと考えこみ、最後にはどうしたことかいきなり笑顔になった。

「とにかくあがってちょうだい。わざわざありがとうね。でもどうしましょ。和男、今、部屋で眠ってるみたいなんだけど……」

「いえ、気にしません」

　おじゃまします、と靴を脱ぐなり、わたしはつかつか階段をのぼっていった。案内されるまでもなくキオスクの部屋は知っていた。例の夜、隣家の屋根にいたわたしたちをキオスクが見ていた、あの窓のある部屋だ。

「キオスク。わたし。飯島陽子。入るよ」

　扉の前で予告し、ひと呼吸おいてから一気に開いた。

キオスクは眠っていなかった。

たしかにベッドの上にはいる。厚ぼったいふとんを頭からかぶって丸くなっている。ふつうこんな眠りかたはしないから、わたしの声にあわてててもぐりこんだのだろう。

「自殺に失敗したんだって?」

わたしはふとんのふくらみにふふんと笑いかけた。

返事はなかった。

それはそれでヨシ。

「学校中すごいうわさだよ。全校生徒が知ってるよ。近所のおばさんたちも知ってる。有名になってよかったね」

言いながら部屋を見まわしていく。

勉強机と本棚とベッドだけの殺風景な部屋。物の少なさはリンの部屋と似たりよったりだけど、ポスターがべたべた貼られていないぶん、つるんとしてそっけない感じがする。キオスクの趣味や好みが見えてこない。

ひとつだけあった。勉強机の上にパソコンのデスクトップがどっかりと。

「あ、これでしょ。これでなんだっけ、世紀末の大戦？　そういうこと、仮の友達と話してるんでしょ」

言いながらわたしは勉強机の椅子にかけ、パソコンのまっ黒な画面とむきあった。

「もうすぐ人類滅亡の日が訪れる。だから手をとりあって立ちあがるんでしょ。なんだかわかんない怪獣みたいなのと戦うんでしょ。だけど本当はさ……」

右手の人さし指でキーボードをはじくと、かしゃかしゃと機械の音がする。これがキオスクの声なのか。

「本当はあんた、人類滅亡の日を待ってたんじゃないの？　こんな世界、さっさと終わっちゃえばいいって。みんな死んじゃえばいいって、思ってたんじゃないの？　あんたいつも平気な顔してたけどさ、本当はあんたのこと無視したり、使いっ走りにしたりする男子たちがにくくて、見て見ぬふりして笑ってる女子たちもにくくて、うらんで、死んじゃえばいいって……」

ふりかえると、キオスクの青ざめた顔があった。ふとんから上半身をのりだして、今まで見たことのない目をしてわたしをにらんでいる。

「でも自分だけはちゃっかり戦士で、生き残るの。あんた、ずるいよ」

強い光をまっすぐに放つ、こんな瞳《ひとみ》だって持ってるくせに、今まで隠していたなんてずるい。負けずにキオスクをにらみかえすと、肩から吊《つ》りさげた右腕のギプスがいやでも目に入った。

「世紀末まで待ちきれなかった？」

わたしはその右腕をあごでしゃくった。

「みんなが死ぬまで待ちきれなくて、自分から先に死のうとしたの？」

キオスクがむっと眉《まゆ》をつりあげた。もごもご口を動かすけれど、なにも聞こえない。

「でも失敗して、今じゃあんた、みんなのいいネタだよ。あんたがうらんでた連中のいいひまつぶし。あんた、みんなに死にぞこないって思われてんだから」

「ちがうっ」

ついに、キオスクがさけんだ。

「ぼくは死にぞこないなんかじゃない」

左手でふとんを握りしめ、キオスクははっきりとそう言った。

「ぼくは、自殺なんて、してない」

これが聞きたかったのだ。

脱力感。

と、安堵《あんど》感。

わたしはほっと肩の力みをほどいて言った。

「やっぱり」

「え？」

「あんた、窓から飛びおりたんじゃなくて、本当はのぼろうとしてたんじゃないの？」

「あ」

キオスクの細っこい目が全開になった。

「のぼろうとして、落っこちた。ちがう？」

「あ……」

色をなくしていたキオスクの顔がみるみる赤らんでいく。

やっぱり、だ。


真夜中に自分の部屋の窓から飛びおりた。

会議室で学年主任にそう聞いたとき、おかしいな、と引っかかるものがあった。

屋根の縁。

キオスクの部屋の窓の下には、屋根の縁が延びているはずなのだ。

わたしたちが隣家の屋根にのぼったあの夜、「なにやってんのー」と窓からしつこく呼びかけてきたキオスク。今にも窓枠を越えて屋根に出てくるんじゃないかと、わたしたちをはらはらさせた。はっきりと憶《おぼ》えている。

家の側面だから屋根の幅はごくせまい。それにしても、屋根の縁を飛びこえて地面に落ちるには、よほど思いきりジャンプしなければならないはずだ。

キオスクにそんな思いきりのよさがあるか。

否。

そもそも、あの臆病《おくびょう》なキオスクがそんな自殺法を選ぶか。

否。

キオスクはだまりこんでいてなにも話さない、だからまだ自殺とはかぎらない、と担任も言っていた。

自殺じゃないとしたら？

キオスクはどうして真夜中に地面に落っこちたりしたのか。

真夜中、というところで「ん？」と来た。

もしかして――。

「あんた、ひとりでこっそり屋根にのぼる練習をしてたんじゃないかって……。考えれば考えるほどね、そんな気がしてしょうがなかったの」

この名推理に虚をつかれているキオスクを尻目《しりめ》に、わたしは窓辺へと歩みよっていった。

モスグリーンのカーテンを押しやり、窓ガラスを開けて顔を出す。やっぱり、窓枠の下に幅五十センチほどの屋根の縁がはりだしていた。縁の下からは地面にかけて雨樋《あまどい》が伝っている。

ブロック塀から雨樋へ、雨樋をよじのぼって屋根へ。

おとといの深夜、キオスクが挑んだ屋根のぼりのルートが目に浮かぶようだった。

でも、これはかなり上級者むけのルートなのだ。雨樋は金具の部分を足がかりにできても、それ自体は細くてつるつるしているから、木のぼりみたいな要領ではのぼれない。ましてそんな不安定な姿勢から屋根に手をのばし、腕力だけで体を押しあげるなんて至難のわざだ。初心者以下のキオスクには百年早い。

まったく自殺的な挑戦だった。

それでも、初心者以下のド素人だからこそ、キオスクはうかつに挑戦してしまった。

どこかで手か足をすべらせて、地面へ「あーれー」と落っこちていった。

そんなところだろう。

「ただの遊びだって、言ったのに」

わたしは静かに窓ガラスをもどした。吹きこんでくる風で体の表面が冷たくなっていた。

「わたしたちと一緒にのぼれなかったこと、そんなにくやしかったの？」

金網の前で震えていたキオスク。あのおびえた瞳がよみがえる。

「飯島さんに……」

と、キオスクは言った。

「飯島さんに同情されたくなかった」

ずきんときた。

「ぼくがダメなせいだけどね。あんなふうに同情されるぐらいなら、ばかとかあほとか言われてたほうがまだマシだよ。クラスのみんなはああだしさ、飯島さんにまで同情されたらぼく、なんかもう本気でなにもかもいやになっちゃって、学校だってもうどうでもよくなっちゃった。それでしばらく家にこもってたんだけど、おとといの夜はなんとなく、その気になっちゃったんだ。もう一回やってみようかなって。屋根にのぼったら、ぼくもちょっとは変われるかなあ、なんて」

くしゃりと顔をゆがめて、泣き顔みたいな笑顔を作る。

「でも、もっとひどくなっただけ」

「どうして本当のこと、言わなかったのよ。自殺なんかじゃないって」

「それももうどうでもよくなっちゃって。ぼく、落っこちたとき気絶して、病院で気がついたらもうみんな自殺だって思いこんでたの。屋根の縁まで飛びこえたんだからよほどの覚悟があったんだって、飯島さんと反対のこと考えちゃったみたいで。まさかだれも思わないでしょ、屋根にのぼろうとしてたなんて」

「そりゃあまあ、そうだろうけど」

「三週間も学校休んだあとだったしさ。お母さんもぼくが落ちこんでたこと、知ってたし。先生までぼくのこと、クラスでつらい思いをしていたようだとか言っちゃって。いかにも自殺っぽいでしょ。なんか、文句のつけどころがないじゃない」

「まあ、そうだけど」

「それにぼく、音たてないようにって、靴はかないでのぼってたの。のぼる前にはね、さっきの飯島さんみたいに窓から下をのぞいて、どうやってのぼろうか考えて。そのまま開けっぱなしでいっちゃったの。早く終わらせたくてあせってた。自分ちの屋根にしたのも、よそんちにのぼって見つかるのがこわかったからだし。結局さ、ぼくの小心ぶりがぜんぶ裏目に出ちゃったわけよ」

さんざんな目にあって腹がすわったのか、たんなる開きなおりか、今日のキオスクはやけに堂々としていた。いつものおどおどした態度じゃない。どんなもんだと威張っている気配すらある。

「あんた、やっぱりちょっと変わったんじゃないの?」

わたしがまじまじ見つめると、

「だから、変わるとか変わらないとか、そういうのもどうでもよくなったんだって」

キオスクは山小屋で犬と暮らす老人みたいにほうっと息をついた。

「今朝ね、先生がクラスの代表たちからの手紙、持ってきたんだよ。早く元気になってくださいとか、相川くんがいないとさみしいですとか。それ読んでたらあほらしくなっちゃったの。ぼくの人生、なんだったんだろうって」

「人生」

そこまで考えたか。

「右手がこれじゃパソコンもろくにいじれないでしょ。ネットの友達だって、パソコン打てなきゃ話もできないんだよね。なんか、がっくりきちゃって。家族は家族で、ぼくがまた自殺しないかってひやひやしてるのわかるし。家にいてもふつうにしゃべれる相手がいないの。だからぼく、今こんなにぺらぺらしゃべってるんだと思うよ。飯島さんには悪いけど」

「べつに。悪くはないよ」

わたしは肩をすくめた。

「今のあんた、いつものあんたに比べるとそんなに悪くないよ」

「いいよ。そんなに気をつかわないでよ。ぼく、飯島さんに気をつかわれると本当に落ちこむんだ」

「気なんかつかってないって。あんたにつかう気があったら大切にとっとくよ」

「それがいいよ」

いいかげんしゃべり疲れたのか、キオスクがふたたびずるずるとふとんに体をすべらせていく。

「でも最後に言っとくけどね、さっき飯島さんが言ったこと、あれたぶん当たりだよ。ぼく、自分じゃそこまで気がつかなかったけど、きっとそうだったんだ。学校なんて大嫌いで、みんな消えてなくなっちゃえばいいと思ってた。でもさ、心のどっかでは、ちゃんとわかってたんだよね。世紀末の大戦なんてあるわけないって。それにもしあったとしても、ぼくは戦士じゃないよ」

キオスクはふてくされた顔でぼやいた。

「こんなにまぬけな戦士はいないよ」

「これで最後だから」とか、「最後の最後にもう一言」とか言いながらも、キオスクはその後も延々とぼやきつづけて、わたしは途中からあまり聞いていなかった。

そうこうしているうちに、七時すぎ。

「続きはカセットテープにでも吹きこんどいて」

夕食時だし、リンも待っているだろうから、そろそろ帰ることにした。

キオスクは玄関まで見送りにきてくれた。

「じゃあ、またね」

「うん。来てくれてありがとう。いろいろすっきりしたよ」

明るく手をふりあうわたしたちを、柱の陰からキオスクのお母さんがあっけにとられてながめていた。自殺に失敗したての息子が笑ってる！　って顔をして。

たしかに屋根のぼりには「失敗」したものの、「自殺」というのは思いちがいで、キオスクのひそかな「挑戦」をだれも知らない。

10

陽子ちゃん　リンくん

今日も仕事で帰れません。

冷蔵庫にお肉がありますから。

いつもごめんね。

ママより

そのかわり正月は家族で温泉だ。

たぬきのでる旅館を予約してある。

たぬきだぞ。

父

キオスクの家を訪ねた四日後の朝、リビングのテーブルにパパとママからのメッセージを発見。

やった、とわたしは指を鳴らした。

べつにたぬきごときでは喜ばない。

「リン。あれ見た？」

玄関を出る直前のリンをつかまえて聞くと、

「見た」

リンは了解ずみの笑顔を返す。

「今夜、でしょ？」

「うん。今夜」

「七瀬さんにも言っとくよ」

「頼んだ」

「頼まれた」

Vサインをかざして、リンが玄関の扉を開けた。

なだれこんでくる朝の光線に、ふたりして同時に目を細める。

「いい天気だよ」

リンが言って、わたしは空に感謝した。

いつもよりゆっくりと顔を洗い、いつもよりゆっくりと朝ごはんを食べ、いつもよりゆっくりと歯を磨いて、いつもよりゆっくりと制服に着がえた。心の準備というやつだ。

それから、キオスクの家に電話をした。

「あら飯島さん？　このあいだはどうもありがとうね。和男、あれからめきめき元気になっちゃって。本当に飯島さんのおかげよ。またぜひ遊びにきてちょうだいね。こないだはなんにもおかまいできなかったけど、今度はぜひうちの田舎でとれた桃とりんごを……」

長い長い前置きのあと、ようやくキオスクにとりついでもらえた。

「もしもし。飯島さん？」

「キオスク、それコードレス機？」

「うん。そうだけど」

「今、そばにだれもいない？」

「いないよ。今、ベッドで手紙読んでたの」

「手紙？」

「さっき先生がね、またクラスの代表たちからの手紙、持ってきたんだ。読んでるうちにあほらしさに拍車がかかってきたよ。相川くんが元気になるようにチョコレート断ちしてます、とか書いてあるんだよ。これでやせたら一石二鳥です、だって。なにがなんだか」

「読まなきゃいいじゃない、そんなの」

「今後の反省材料にするんだよ」

「あ、そう」

どうやら反省はしているようだけど、キオスクはまだ学校に来ようとはしない。右腕の骨折ぐらいならなんとでもなるはずなのに。

「ところでね」

と、わたしは用件を切りだした。

「今夜、屋根にのぼるよ」

受話器のむこうで長い沈黙があった。

「気をつけて」

「ばか。あんたも一緒だよ」

「ええっ。だってぼく、骨折してるんだよ」

「平気よ、そんなもん」

「そんな。人の腕だと思って……」

「とにかくそういうことだから。今夜の十二時、前みたくこっそりぬけだしてうちにおいで。わかった?」

うむもいわさず受話器をもどすと、わたしは壁にかかったカレンダーに目をむけた。

今日は十二月十三日。月曜日。キオスクが不登校をはじめて一か月になろうとしていた。

冬休みのはじまりまでは、あとわずか二週間。

冬眠の前に木の実をむさぼるリスみたいに、わたしたちもやることはやっておかなくては、とあらためて思う。

「リンくんに聞いた」

家庭科の時間、課題のマフラーを編みながら七瀬さんが言った。

「ついに今夜、でしょ?」

「うん。今夜」

うなずきながらも、わたしの両目は編み棒に釘《くぎ》づけだ。編み物。これほど性に合わないものがこの世に存在するとは知らなかった。

先週から編みはじめているのに、わたしの赤いマフラーはまだ五センチにも届かない。

七瀬さんの緑色のマフラーはすでに完成間近だった。

緑色。リンの好きな色だ。

「わたしね、いろいろあったけど、楽しかった」

毛糸のひと目ひと目を大切にすくいあげながら、七瀬さんははにかみながらも話してくれた。

「なやんだりもしたけど、やっぱり陸上部に入ってよかった。陽子ちゃんやリンくんと友達になれてよかった。あのまま『若草物語』の子たちとだけ一緒にいて、いやな気持ちのままクラス替えになったら、わたしの中学二年生ってなんだったんだろうって、ぜったいに思ったと思うの。そうならなくてよかった。リンくんや陽子ちゃんのおかげだな」

「自分のおかげだって」

わたしはそう言って編みかけのマフラーを机に放りだした。

七瀬さんは自分の底力をわかっていない。『若草物語』からの脱退だって、陸上部への入部だって、屋根のぼりへの参加だって、結局は七瀬さんがひとりで決めたことなのに。

本当はだれよりもしっかり者のくせに、表面はあくまでもおだやかで。

「なんだか最近あわただしいけどさ、七瀬さんといるとのんびりするっていうか、こう、寿命が延びそうよ」

わたしが笑いかけると、七瀬さんも笑いかえしてくれたものの、その瞳《ひとみ》はべつのものをとらえていた。

「陽子ちゃん、あきらめちゃだめ」

七瀬さんはわたしが投げだしたマフラーを手にとって、

「あきらめなきゃ、いつかは完成するから。このペースだと、来年の夏には必ずね」

「来年の、夏……」

わたしにはない長い目だって持っている。


七瀬さんは打ちあわせどおり八時にうちに来て、ひさしぶりに三人で夕ごはんを食べた。

テーブルの上はみんなで腕をふるった炒《いた》めもののオンパレード。

豚肉とキャベツのみそ炒めに、糸こんにゃくのとうがらし炒め。ねぎと玉子の炒めもの。

明日からの行く末がまったく見えないから、これが最後の晩餐《ばんさん》のつもりでよく味わい、よくしゃべってよく笑い、わたしたちはウーロン茶で何度も乾杯をした。反面、みんなが時計の針を異常に気にしていた。

「キオスク、来るかな」

七瀬さんは「来る」に、リンも「来る」に、わたしも「来る」に、これじゃ賭《か》けにならないから、期待でもかけることにした。

キオスクはその期待にこたえた。

十二時を五分ほどすぎたころ、これから鬼退治にでも行くような形相でキオスクがやってきたのだ。

べつに屋根のぼりにはりきっていたわけじゃない。ギプスをつけたまま物音を立てずに着替えをする、という大仕事をあくせくやっているうちに、だんだん気が高ぶってきたらしい。

どれだけ大変な大仕事だったかは、ひと目で想像がついた。

中に着ている白いランニングのほかは、チェックのシャツも紺のカーディガンも、右袖《みぎそで》の部分が肩の後ろにだらんとはだけている。それじゃボタンもかけられないから、体の右半分は裸同然。その上から強引にダッフルコートを引っかけてきました、という装いだ。

「それじゃ風邪ひくよ」

と、リンが自分のマフラーでキオスクの右肩を包んだ。

「今さら風邪ぐらいどうってことないよ。ぼくの人生、本当に、本当にひどいことだらけなんだから。でもね、右腕がこうじゃなかったら、川で泳いで肺炎起こしたっていいくらいだよ。右腕がこうだからぼく、今は屋根のぼりも無理だと思うんだ。北島《きたじま》だって片手じゃ金メダル、とれなかったと思うよ」

ぼやきつづけるキオスクを残して、

「さて。じゃあのぼろうか」

わたしたちは二階への階段をのぼりはじめた。

「え」

玄関口でぼけっとつっ立っているキオスクに、三人そろって手招きする。

「あんたも早くおいでよ」

「え、なんで？」

「だから、のぼるのよ」

「どこに？」

「うちの屋根」

「……階段で？」

「そうよ。両手でも落っこちたあんたが、片手でまともにのぼれるわけないでしょ」

三人そろってため息をついた。
1　リンの部屋の扉を開ける。
2　リンの部屋に入る。
3　リンの部屋の窓を開ける。
と、そこはすでに屋根だった。

「こういう手もあるのよね」

七瀬さんが感心したように言って、

「邪道じゃないかなあ」

キオスクは拍子ぬけの顔で不平をもらし、

「いいのよ。形だけでものぼっとけば」

言いながらわたしはリンとふたりで屋根の上に毛布を広げていった。

真冬の真夜中。しかもここはエアコンつきの室内ではなく、野外である。なにをしてもむだな努力とは思いつつ、なにかせずにはいられない寒さで、押しいれから二枚の毛布を引っぱりだしてきたのだ。

左からリン、七瀬さん、キオスク、わたし——と、ぴったりよりそって毛布の上に腰かけ、残りのもう一枚をみんなの頭からかぶせた。大がかりな二人羽織というか、屋根上のミニキャンプというか。どれだけ効果があるかは怪しいものの、少なくとも風避け《かぜよ》程度にはなる。

「なんか、ずいぶん変わったことしてるみたいだけど」

どうにも腑《ふ》に落ちない、という様子でキオスクが言った。

「もしかしてこれって、ぼくのため？」

「ううん。ぼくたちもね、最後にちゃんとのぼりおさめしときたかったんだ」

リンが言うと、キオスクはますます怪訝《けげん》そうに、

「最後？」

「屋根にのぼるのはこれで最後よ」

わたしはきっぱりと宣言した。

「え、どうして」

「もう、のぼれなくなるから」

「だから、どうして？」

「みんなで話しあって決めたの。わたしたち、明日、担任にぜんぶ話す。屋根のぼりのこと、最初から最後まで、ぜんぶ」

「どうして」

キオスクが声をうわずらせる。

「だってそうしなきゃ、あんたが自殺じゃないってこと、どうやって説明すんの

よ」

わたしもつられて声を強めた。

「このままじゃあんた、永遠に、一生、みんなに死にぞこないって思われつづけるのよ」

「いいよ、ぼく、どんなふうに思われても。いろいろ言われるの慣れてるし」

「慣れてどうするっ」

わたしの一喝にキオスクがしゅんと下をむく。

「相川くん」

七瀬さんがとりなすように割って入った。

「わたしたちもこのままじゃ後味悪いの。相川くんのためとかじゃなくて、自分たちがね、すっきりしないの」

「でも、先生に話したりしたら怒られるよ、きっとすごく。また職員会議とかになっちゃうかもよ」

「気にしない、気にしない」

リンがにこにこ笑って、

「いいの、すっきりすれば」

と、七瀬さんも潔くほほえんだ。

「キオスク」

わたしはキオスクの困惑顔に正面からむきあった。おしりから突きあげてくる強烈な冷えで、ついつい声が力んでしまう。

「あんたも一緒に来るのよ」

「え？」

「明日、あんたも学校に来て、わたしたちと一緒に担任に話すの」

「ええっ。そんなあ」

人事じゃなくなったとたん、キオスクのうろたえぶりが激しくなった。

「そんなことしたら一番怒られるのはぼくだよ。あんなにみんなを騒がせといて」

「無傷だったらね。でも、怪我したぶんだけ差しひいてもらえると思うよ」

リンが悪知恵を働かせる。

「だからって、今さらぬけぬけ言えると思う？　屋根から落ちただけでした、なんて」

「わたしたちがついてるから。相川くんが言いづらかったら、そばにいるだけでいいの」

七瀬さんが両手をこすりあわせながら言った。おがんでいるのではなく、指さきが凍えて痛いのだ。

「でも、そんな……」

「キオスク、あんたいいかげんにしな」

なかなか腹をくくらないキオスクに、わたしはとうとうぶちきれた。

「わたしたちだって本当はこわいんだよ。七瀬さん、うちで泊まりこみで勉強してるって、ずっとお母さんにうそついてんだし。うちの両親だってこのこと知ったら、どんなに怒るかわからない。しっかり留守番してると思って安心してたのに、姉弟《きょうだい》そろって人んちの屋根にのぼってたんだから。お正月の温泉どころじゃないよ。たぬきもパーよ。でも、自分たちで考えて、楽しんで、これがきっかけで七瀬さんとも仲良くなれたし、あんたがただのボケじゃないってこともわかったから。大好きな遊びだから、大事な思い出だから、ちゃんと自分たちでケリをつけたいじゃない」

言いたいことを言いつくし、抱えこんだ膝《ひざ》の上にあごをのせた。

迷っているのか、キオスクはだまりこんだまま。街灯に照らされたとなりの屋根のあたりをうつろにながめている。

三軒先の家にはまだ明かりが灯《とも》っていた。どこか遠くから車のエンジン音も聞こえてきた。いつもは人気のない場所ばかり選んでいたせいか、自分たち以外に目覚めている人間の気配がすると、いきなりこの夜の中に侵入者がまぎれこんだような気分になる。

今は四人だけにしてほしかった。

静かにキオスクの返事を待たせてほしかった。

「きっと、笑われるだろうな」

やがて、キオスクがくちびるをゆがめて言った。

「自殺だと思ってたのにさ、ただ屋根から落ちただけなんて、みんなの笑いものだよ」

「同情されるのとどっちがいい？」

わたしが言うと、

「わかった。ぼくも一緒に行くよ」

やっと覚悟を決めた。

みんなの顔が一気に晴れやかになる。これをきっかけにキオスクの不登校を終わらせようという魂胆なのだ。

「本当いうとさ、ぼく、ほんのちょっと楽しみなんだ。明日、先生がどんな顔するか」

リンが目をくりんとさせて、

「わたしも」

「わたしも」

みんなで笑いだした。

笑いながらも、骨がぎしぎし鳴りそうなくらい寒い。さっきから息を吸いこむたびに、胃の中に霜がおりていく気がする。

それでも。屋根のぼりもこれでおしまいと思うと、寒さより名残おしさのほうが強いのか、「部屋にもどろう」とはだれも言いださなかった。

代わりに、七瀬さんがささやかな防寒対策を思いついた。

「手をつながない？　みんなで。そしたらちょっとはあったまるかも」

左からリンと七瀬さんが、七瀬さんとキオスクが、リレーのバトンでも交換していくように手をつなぎはじめた。

ギプスからはみでたキオスクの手首。そっと触れると、てのひらはぞくっと冷たい。また骨が折れたりしないように軽く握った。

あたたまりはしなかったものの、みんなでひとつの毛布にくるまって、原始的なやりかたで風と戦っている感じは悪くなかった。

ふと気がつくと、キオスクがぐずぐずと鼻をすすりあげている。

キオスクの顔をぬらしているのは鼻水だけじゃなかった。

「あんた、泣いてんの？」

「富塚先生が言ったんだ」

「すみれちゃん？」

「富塚先生、学校やめる前にぼくんちに来たんだよ。二年C組のみんなはだいじょうぶだろうけど、ぼくのことだけは心配だって。ぼくんちに来て、言ったんだ。大人も子供もだれだって、一番しんどいときは、ひとりで切りぬけるしかないんだ、って」

七瀬さんがさしだした花柄のハンカチで、キオスクが顔中をこすりながら言った。

「ぼくたちはみんな宇宙のみなしごだから。ばらばらに生まれてばらばらに死んでいくみなしごだから。自分の力できらきら輝いてないと、宇宙の暗闇にのみこまれて消えちゃうんだよ、って」

宇宙のみなしご。

毛布をはらりと頭からはずして、わたしは夜空をあおぎ見た。

のしかかってくるような濃紺の闇に、息がつまった。

宇宙という言葉を思いうかべるだけで、この空はこんなにも暗く、果てしなく、そして荒々しい。その圧倒的な暗黒の中で、星ぼしが光を強めたり弱めたりしながら、懸命に輝こうとしている。

すみれちゃんの言葉がよくわかる。

わたしだって知っていた。

一番しんどいときはだれでもひとりだと知っていた。

だれにもなんとかしてもらえないことが多すぎることを知っていた。

だからこそ幼い知恵をしぼり、やりたいようにやってきた。小人たちの足音に耳をすまして、自分も一緒に走ろうと、走りつづけようと、やってきた。

十四年間、あの手この手で生みだしてきた、リンとの遊び。

そのくりかえしの中で、わたしはたしかに学んだのだ。

頭と体の使いかた次第で、この世界はどんなに明るいものにもさみしいものにもなるのだ、と。

宇宙の暗闇にのみこまれてしまわないための方法だ。

「でもさ」

と、涙と鼻水だらけの顔でキオスクは続けた。

「でも、ひとりでやってかなきゃならないからこそ、ときどき手をつなぎあえる友達を見つけなさいって、富塚先生、そう言ったんだ。手をつないで、心の休憩ができる友達が必要なんだよ、って」

一瞬、わたしの手を握るキオスクの指に力がこもった。

さっきよりも微妙に、でも確実にあたたまっているキオスクのてのひら――。

「じゃあ、これからもときどき手をつなごう」

七瀬さんがほほえんだ。

「またみんなでおもしろい遊びも考えようね。今度はもっと安全なやつを」

リンもからりと笑った。

「ぼくも一緒でいい？」

不安げなキオスクの泣き顔も、みんなのうなずきでたちまち笑顔に変わった。

明日からどうなるかわからないのに、懲りない仲間たちの笑顔がうれしい。

つなぎあわせたてのひらから電流のように流れてくるぬくもり。

心の休憩。

「さて、と」

負けずにわたしも不屈の笑顔を作ると、

「今度はなにして遊ぼうかな」

新しい挑戦状をたたきつけるように、宇宙の暗闇をにらみつけた。

本書は、平成二二年六月に角川文庫より刊行した
『宇宙のみなしご』を底本に再編集したものです。

100分間《ぶんかん》で楽《たの》しむ名作小説《めいさくしょうせつ》

宇宙《うちゅう》のみなしご

森《もり》 絵《え》都《と》

令和6年 3月25日 初版発行
令和6年 5月10日 再版発行

発行者●山下直久

発行●株式会社KADOKAWA
〒102-8177 東京都千代田区富士見2-13-3
電話 0570-002-301(ナビダイヤル)

角川文庫 24086

印刷所●株式会社暁印刷
製本所●本間製本株式会社

表紙画●和田三造

●お問い合わせ
https://www.kadokawa.co.jp/ (「お問い合わせ」へお進みください)
※内容によっては、お答えできない場合があります。
※サポートは日本国内のみとさせていただきます。
※Japanese text only

ISBN 978-4-04-114817-4 C0193

◇◇◇

角川文庫発刊に際して

角　川　源　義

第二次世界大戦の敗北は、軍事力の敗北であった以上に、私たちの若い文化力の敗退であった。私たちの文化が戦争に対して如何に無力であり、単なるあだ花に過ぎなかったかを、私たちは身を以て体験し痛感した。西洋近代文化の摂取にとって、明治以後八十年の歳月は決して短かすぎたとは言えない。にもかかわらず、近代文化の伝統を確立し、自由な批判と柔軟な良識に富む文化層として自らを形成することに私たちは失敗して来た。そしてこれは、各層への文化の普及滲透を任務とする出版人の責任でもあった。

一九四五年以来、私たちは再び振出しに戻り、第一歩から踏み出すことを余儀なくされた。これは大きな不幸ではあるが、反面、これまでの混沌・未熟・歪曲の中にあった我が国の文化に秩序と確たる基礎を齎らすためには絶好の機会でもある。角川書店は、このような祖国の文化的危機にあたり、微力をも顧みず再建の礎石たるべき抱負と決意とをもって出発したが、ここに創立以来の念願を果すべく角川文庫を発刊する。これまで刊行されたあらゆる全集叢書文庫類の長所と短所とを検討し、古今東西の不朽の典籍を、良心的編集のもとに、廉価に、そして書架にふさわしい美本として、多くのひとびとに提供しようとする。しかし私たちは徒らに百科全書的な知識のジレッタントを作ることを目的とせず、あくまで祖国の文化に秩序と再建への道を示し、この文庫を角川書店の栄ある事業として、今後永久に継続発展せしめ、学芸と教養との殿堂として大成せんことを期したい。多くの読書子の愛情ある忠言と支持とによって、この希望と抱負とを完遂せしめられんことを願う。

一九四九年五月三日

角川文庫ベストセラー

角川文庫ベストセラー

気分上々　森　絵　都

"自分革命"を起こすべく親友との縁を切った女子高生、一族に伝わる理不尽な"掟"に苦悩する有名女優、無銭飲食の罪を着せられた中2男子……森絵都の魅力をすべて凝縮した、多彩な9つの小説集。

クラスメイツ〈前期〉〈後期〉　森　絵　都

部活で自分を変えたい千鶴、ツッコミキャラを目指す蒼太、親友と恋敵になるかもしれないと焦る里緒……中学1年生の1年間を、クラスメイツ24人の視点でリレーのようにつなぐ連作短編集。

リズム／ゴールド・フィッシュ　森　絵　都

中学1年生のさゆきは、いとこの真ちゃんが大好きだ。高校へ行かずに金髪頭でロックバンドの活動に打ち込む真ちゃんとずっと一緒にいたいのに、真ちゃんの両親の離婚話を耳にしてしまい……。

注文の多い料理店　宮　沢　賢　治

二人の紳士が訪れた山奥の料理店「山猫軒」。扉を開けると、「当軒は注文の多い料理店です」の注意書きが。岩手県花巻の畑や森、その神秘のなかで育まれた九つの物語からなる童話集を、当時の挿絵付きで。

セロ弾きのゴーシュ　宮　沢　賢　治

楽団のお荷物のセロ弾き、ゴーシュ。彼のもとに夜ごと動物たちが訪れ、楽器を弾くように促す。鼠たちはゴーシュのセロで病気が治るという。表題作の他、「オツベルと象」「グスコーブドリの伝記」等11作収録。